당신보다
소중한 사람은
없습니다

# 당신보다
# 소중한 사람은
# 없습니다

쓰담 에세이

달콤북스

당신에게 지금 가장 소중한 사람이 누구냐고 묻는다면, 다양한 이들을 떠올릴 것이다. 부모님, 친구, 연인 혹은 배우자….

자기 자신이 가장 소중하다고 이야기하는 사람은 그리 많지 않다. 특히 나이가 든 사람일수록 더욱 그렇다. 어른이 된다는 것은 자기 자신을 삶의 우선순위에서 조금씩 밀어내는 과정처럼 보인다.

하지만 아이들은 자기 자신을 가장 소중하게 여긴다. 아이들은 자신이 가장 소중하기에 본인의 욕망에 충실하고, 이기적으로 행동한다. 어른의 입장에서 아이들이 행복해 보이는 까닭은 어쩌면 그들 삶의 우선순위가 언제나 자기 자신이기 때문인지도 모른다.

나이가 들어 사회생활을 시작하고, 가정을 꾸리고, 아이를 키우다 보면 우리는 우리 자신보다 다른 사람을 더 먼저 생각하게 된다. 그렇게 하는 것이 옳다고 배웠으며, 실제로도 그런 사람이 더 인정받고 존경받는 것처럼 보이기 때문이다.

　　하지만 그렇게 다른 사람을 먼저 생각하고 배려하면서 살다가 어느 날 문득, 내가 나 자신을 위해 한 것은 별로 없다는 생각이 든다. 다른 사람에게는 많은 것을 베풀었는데, 정작 나에게 돌아온 것은 아무것도 없는 것 같아 억울한 마음도 생긴다.

　　내가 행복하지 못한 상태에서 다른 사람을 행복하게 만들어 주겠다는 것은 자가당착이다. 가지고 있는 행복이 없는데 어떻게 나눠 줄 행복이 있겠는가? 내가 나를 사랑할 줄도 모르는데 어떻게 다른 사람에게 사랑을 베풀겠는가?

　　그것이 행복이든, 사랑이든, 관심이든, 배려든 모든 출발은 나 자신이어야 한다. 내가 먼저 행복해야 타인에게도 행복을 나눠줄 수 있고, 나를 먼저 사랑해야 타인도 사랑할 수 있으며, 나를 먼저 배려할 줄 알아야 타인에게도 진정한 배려를 할 수 있다.

내가 나를 소중하게 여기는 것은 이기적인 것과 아무런 상관이 없다. 자기 자신에 대한 사랑은 내면의 힘을 키우는 것이며 삶의 존엄성을 지키는 것이다. 자기 자신을 배제시킨 채, 일방적이고 편파적으로 상대를 배려하다 보면 내 삶은 껍데기만 남고 공허해질 뿐이다.

이기적이냐 이타적이냐를 따지는 것이 중요한 것이 아니다. 살다 보면 이기적으로 살아야 할 때도 있고, 이타적으로 살아야 할 때도 있다. 우리 모두는 그 둘 사이에서 어떤 것을 선택할지 고민하면서 살아간다.

중요한 것은 이기적으로 살든 이타적으로 살든 나에 대한 믿음과 확신을 잃어버려서는 안 된다는 것이다. 인생에서 나를 놓치는 것은 모든 것을 놓치는 것이다.

타인의 장점을 인정하고 배우는 것은 좋지만, 그것이 나를 깎아내리는 근거가 되어서는 안 된다. 타인을 도와주는 것은 좋지만, 그렇다고 나의 희생을 당연시해서도 안 된다. 그 무엇을 선택하든 그 중심에는 나에 대한 존중과 사랑이 있어야 한다.

그러니 잊지 말자. 당신은 세상에서 가장 소중한 사람이라는 것을. 당신은 그저 당신이라는 이유 하나만으로 가장 빛나고 가장 사랑스러운 존재라는 것을. 이제 잠시 미뤄 두었던 당신의 행복을 다시 삶의 최우선 순위로 올려 놓자.

———— 쓰담
@self_ssdam

# 차례

## 2장    그냥, 당신이 행복했으면 좋겠다

**3장 | 그냥, 당신이 잘됐으면 좋겠다**

1장.

그냥,
당신을 사랑했으면 좋겠다

# ✒ 누구도 자신의 향기는 맡지 못한다

　많은 사람이 스스로를 평범하다고, 아무런 재능이 없다고 여기며 삶을 비관한다. 하지만 사실 대부분의 자기비하는 혼자만의 착각에 불과하다. 이것은 마치 우리가 우리 몸에서 어떤 향기가 나는지 모르는 것과 같다.

　아무리 진한 향수를 몸에 뿌리고 있어도 이내 그 향기에 익숙해져 버리는 것처럼, 사람들은 자기 자신이 가진 가치와 매력을 잘 알아보지 못한다. 오랜 세월에 거쳐 너무나도 익숙해진 것이라 특별하다고 생각지 못하는 것이다.

　다른 사람의 몸에서 풍기는 향기를 부러워하고, 심지어는 자기 자신에게선 왜 그런 향이 나지 않을까 침울해한다.

　조금 더 좋은 향을 풍기기 위해 열심히 씻고, 향긋한 로

션을 바르고 향수를 뿌려도, 결국 그 향기를 우리는 느낄 수 없다. 금세 무뎌져 버리기 때문이다.

당신의 향기를 맡을 수 있는 건, 당신이 아니라 당신 곁의 다른 사람들뿐이다. 당신은 모르고 있지만, 당신 주변의 누군가는 당신의 향기를 부러워하며, 자신의 몸에서 그런 향이 나지 않는 것을 아쉬워한다.

그러니 기억하자. 당신이 어떻게 생각하든 당신은 좋은 향기를 풍기는 매력적이고 가치 있는 사람이라는 것을. 그러니 다른 사람의 향을 부러워하며 힘들어하지도 좌절하지도 말자.

## ♀ 가장 사랑스러운 사람

누가 누구를 좋아하는 이유는 매우 다양한 동시에 모순 적이기까지 하다. 우리는 잘생기거나 예쁘고, 화술이 유창하고, 유머감각이 뛰어나고, 뇌가 섹시하면 사랑받을 것이라고 생각하지만, 오히려 그 반대이기 때문에 누군가를 좋아하기도 한다.

딱히 잘생기거나 예쁜 것 같지는 않은데 개성 있는 얼굴이라서 좋아하는 사람도 있고, 화술이 유창하지는 않지만 내 말을 잘 들어 줘서 좋아하는 사람도 있으며, 아는 것은 별로 없지만 그렇기에 세상의 때가 묻지 않아서 좋아하는 사람도 있다.

그러니 누군가에게 사랑받기 위해서 나를 너무 포장하거나 꾸밀 필요는 없다. 오히려 나를 포장하고 꾸미는 것에 지나치게 신경을 쓰다 보면 본래의 나는 사라지고, 누군지도 모를 내가 본래의 나 대신 내 삶을 살아가게 된다. 그런 삶은 오래가지 못한다. 만약 내가 꾸민 모습을 누군가가 좋아하기 때문에 그 꾸민 모습으로 계속 살아가야 한다면, 그건 사랑이 아닌 스트레스일 뿐이다.

내가 굳이 다른 사람들이 좋아할 만한 모습으로 포장하지 않아도 누군가가 나를 좋아할 만한 이유는 수없이 많다. 있는 그대로의 내 모습을 사랑해 주고, 나 또한 있는 그대로의 상대를 사랑할 수 있을 때 비로소 진정한 관계가 만들어질 수 있다.

물론 내가 좋아하는 누군가로부터 사랑받기 위해 내가 가진 잘못된 습성을 바꾸는 것은 좋은 일이다. 하지만 그러한 변화 또한 자발적 선택에 의한 것이어야지, 단순히 상대의 사랑을 얻기 위한 억지 선택이어서는 안 된다. 그런 선택은 나중에 분명 부작용이 뒤따른다.

누군지도 모를 사람의 사랑을 얻기 위해 미리부터 본래의 내 모습을 억지로 바꾸려고 하지는 말자. 세상의 수없이 많은 사람들이 다양한 사랑을 나누고 관계를 맺는 것은 각자가 가진 개성 있는 모습을 좋아하기 때문이다.

　나를 좋아하는 사람을 아직 못 만났다면 그것은 내 모습이 잘못됐기 때문이 아니라, 내 개성을 알아봐 주는 사람이 아직 나타나지 않았기 때문이다. 나에게 가장 좋은 사람은, 있는 그대로의 내 모습을 보듬어 줄 수 있는 사람이다.

## ♀ 착하다는 것에 대하여

사람들은 착하다는 것에 대해 이중적인 태도를 보인다. 다른 사람들이 착하게 행동하는 것을 보면 요즘 같은 세상에서 뭘 그렇게까지 착하게 살 필요가 있냐고, 그렇게 살면 손해만 본다고 말한다. 하지만 막상 그 다른 사람이 나의 지인이라면, 그가 나에게는 착하게 대하길 바란다.

같은 사람이 누구에겐 착하게 대하고 또 다른 누구에겐 착하지 않게 대할 수 있을까? 가능한 일이다. 집에서는 한없이 다정한 아빠였던 사람이 회사에 나오면 깐깐하고 계산적이기만 한 상사일 수 있다. 반대로 회사에서는 한없이 부드러운 상사였던 사람이 집에서는 쌀쌀맞고 인정 없는 가장일수도 있다.

하지만 진실로 착한 사람이란 어디에 있든지 누구와 만

나든지 착하게 행동하는 사람이다. 자신의 사회적 역할 때문에 가면을 써 가면서 일시적으로 착한 척하며 살아가는 사람은 그의 본성이 사라진 것이 아니기에 기회가 되면 본색을 드러내게 돼 있다.

세상에 선택적으로 착할 수 있는 사람은 없다. 연애를 하면서 나와 함께 있을 때는 한없이 착한데, 식당에 가서 점원의 작은 실수에도 불같이 화를 내는 사람이라면 그는 착한 사람이 아니다. 언젠가 사랑이 식고 내가 실수를 저지르면 그 사람은 나에게도 그렇게 화를 낼 것이 분명하다.

착하면 손해 본다는 말이 착한 게 나쁘다는 말은 아니다. 착하면 이용당한다는 말이 착한 게 해롭다는 말도 아니다. 착한 사람은 당신을 답답하게 할지 모르나, 당신이 어떤 한 사람만을 선택해야 한다면 착한 사람을 선택해야 한다.

당신이 보기엔 그 사람이 고리타분하고 답답할지 몰라도, 적어도 그 사람은 당신을 이용하지 않을 것이며, 당신이 어리석은 행동을 하거나 큰 잘못을 저질러도 당신 곁을 떠나지 않고 지켜 줄 것이다.

## ♀ 자기감정에 솔직해야 하는 이유

　자기감정을 솔직하게 표현하면 상대가 그 말에 기분 상하지는 않을지 혹은 오해하지는 않을지 걱정하여 결국 속으로 감추고 마는 경우가 많다. 하지만 상대의 반응이 걱정되어 자기감정을 계속 참기만 하면, 자기 자신은 물론이고 상대에게도 좋지 못한 결과를 초래한다. 나의 속이 곪아 가는 것은 물론, 상대 역시 자신에게 거리를 두는 나의 태도를 이해하지 못해 더 큰 오해가 쌓이기 때문이다.

　감정을 표현하면 속 좁은 사람으로 여겨지는 것은 아닌지, 자칫 상대에게 공격적으로 비치지는 않을지 걱정하지만, 그것은 표현 방식의 문제이지 감정을 표현하는 것 자체에 문제가 있는 것은 아니다. 오히려 자기감정을 솔직하고 담백하게 표현하면 다음과 같은 5가지 이득을 얻게 된다.

### ① 감정이 해소되어 해방감을 느낀다

감정은 누른다고 사라지는 것이 아니다. 해소되지 않은 감정은 계속 쌓이게 돼 있고, 어느 순간 터져 나오듯 폭발할 수도 있다. 그때그때 감정을 해소하면 폭발할 감정도 없어진다. 감정은 밖으로 배출되는 순간 빠르게 사라지고, 감정을 모두 배출한 후엔 시원한 해방감을 느낄 수 있다.

### ② 상대와의 거리감이 좁혀진다

감정을 표현하면 관계가 불편해질 듯하지만 실제로 그 반대인 경우가 더 많다. 감정 표현으로 관계가 불편해지는 것은 표현 방식의 문제이지, 표현 그 자체에 문제가 있는 것은 아니다. 차분하게 자신의 감정을 전달하면 상대 또한 차분하게 그 감정을 받아들일 수 있고, 이로 인해 관계가 더 가까워질 수 있다.

### ③ 감정 컨트롤 능력이 향상된다

마음속에 감정이 쌓이게 되면 힘이 세진 감정이 나를 휘두르게 된다. 하지만 그때그때 감정을 적절히 해소하게 되면 감정의 크기가 작아지고 힘도 약해져서 쉽게 컨트롤할 수 있게 된다. 무엇이든 잘하려면 연습이 필요하다. 그러니 감정 표현이 부끄럽다는 이유로 도전을 주저하지 말자. 처음에는 어색할 수 있지만 계속해서 표현하다 보면 나에게 맞는 방법을 찾게 된다.

### ④ 의사소통 능력이 발전된다

감정은 느낌과 비슷한 것이기 때문에 상대방이 이해하도록 이것을 표현하는 것은 쉽지 않다. 그래서 자신의 솔직한 감정을 잘 전달하기 위해 어떤 단어를 쓸지, 어떤 표정을 지을지 적절한 표현 방식을 고민하게 되는데, 그렇게 표현을 고민하는 과정 속에서 의사소통 능력이 향상된다.

### ⑤ 자기 자신을 더 사랑하게 된다

자기감정을 억누르고 숨기게 되면 억눌린 자아는 사랑받지 못한다고 느낀다. 감정이 생긴다는 것은 내 안에 있는 내가 '나에게 좀 관심을 가져달라'고 신호를 보내는 것과 같다. 자신의 솔직한 감정이 표현되고 해소될 때 자기 자신에 대한 긍정감, 자존감도 함께 증가한다.

## ♀ 좋은 사람과 함께하고 있다는 증거

내가 만나고 있는 사람이 좋은 사람이라는 것을 어떻게 알 수 있을까? 사실 어떤 사람이 좋은 사람이냐 아니냐 하는 것은 매우 주관적인 것이다. 고슴도치도 제 새끼는 이뻐한다는 속담이 있듯이, 남들이 어떻게 생각하든 내가 좋으면 좋은 사람이다.

하지만 단순히 그 사람에 대한 느낌이 좋다고 해서 정말로 그가 좋은 사람이라고 확신할 수는 없다.

첫인상이라는 것은 각자가 가진 선입관이나 편견에 따라 좌우되는 경향이 크기 때문에 그 사람의 생김새, 말투, 억양, 풍채를 보고 좋은 느낌이 들었다고 해서 그를 좋은 사람이라고 단정해서는 안 된다.

당신보다 소중한 사람은 없습니다

어떤 사람이 나에게 좋은 사람인지 아닌지는 그 사람을 만나면서 변화하는 내 삶의 모습을 보고 알 수 있다.

먼저, 그 사람을 만나고 난 후 내가 세상을 이전보다 긍정적으로 보게 되었다면 그 사람은 좋은 사람이다. 긍정적인 말과 행동을 통해 나에게 긍정적인 기운을 불어넣어 주고, 그로 인해 내가 살아가는 방식을 긍정적으로 바꾸어 준 사람이라면 분명 그 사람은 나에게 좋은 사람이다.

두 번째, 힘겹고 어려운 일이 생겨도 그를 떠올리면 힘을 얻을 수 있을 때, 그 사람은 좋은 사람이다. 그 사람이 나에게 직접적으로 도움을 줄 수 있느냐 없느냐는 중요하지 않다. 어차피 인생의 문제는 스스로 해결해야 한다. 하지만 힘들 때 내 등 뒤에 나에게 힘과 용기를 줄 수 있는 사람이 서 있다는 사실만으로도 문제의 반은 해결된 느낌이 든다.

세 번째, 나 자신을 더 가꾸어야겠다고 생각하게 만드는 사람이 좋은 사람이다. 단순히 그 사람에게 잘 보이고 싶어서가 아니라, 그 사람과 오랜 시간 즐겁고 행복한 시간을 보내고 싶은 마음 때문에 나를 더 관리하고 싶어지는 것이다.

여기서 나를 가꾼다는 것은 단순히 외모만을 말하는 것이 아니다. 물론 몸을 가꾸는 것도 포함되겠지만, 그보다는 그와 함께하기 위해 더 많이 생각하고, 더 많이 경험하고, 더 많이 배워야겠다는 건설적인 태도를 갖게 된다는 것이 중요하다.

네 번째, 내 생활을 규칙적으로 만들어 주는 사람이 나에게 좋은 사람이다. 좋은 사람은 상대방의 생활 패턴을 흐트러뜨리지 않는다. 배려하는 마음이 있기 때문이다. 그는 자신을 소중하게 여기는 만큼, 상대방도 소중하게 여길 줄 안다. '누군가를 좋아한다는 것'은 그 사람에게 나를 맞추는 것이 아니라, 각자의 고유 영역을 지켜 주는 것이라는 사실을 그는 잘 알고 있다. 그래서 관계로 인해 그와 나의 삶이 흐트러지는 일이 없다.

다섯 번째, 나도 누군가에게 좋은 사람이 돼야겠다고 생각하게 만드는 사람이 좋은 사람이다. 모든 관계는 전염성이 있다. 내가 누구를 만나든, 내가 만난 사람은 나에게 좋은 쪽으로든 나쁜 쪽으로든 영향을 주게 돼 있다.

내가 어떤 사람을 만났는데, 나도 그 사람처럼 다른 사람에게 좋은 사람이 되어야겠다는 생각이 들었다는 것은, 그 사람이 좋은 사람이라는 결정적 증거다.

내가 누군가를 만났는데 저 사람처럼 되면 안 되겠다는 생각이 조금이라도 들었다면, 그런 사람과는 한시라도 빨리 헤어지는 것이 좋다.

## ♀ 부족함을 채워 주는 관계

우리는 가끔 자신의 진짜 모습을 감추려고 노력할 때가 있다. 원래는 소심한 성격인데 줏대 없어 보일까 봐 대범한 척 행동하고, 원래는 상냥한 성격인데 남들이 약하게 볼까 봐 과장해서 화를 내기도 한다.

그렇게 행동하는 이유는 원래의 자기 모습이 드러나면 상대가 자신을 깔보거나, 무시하거나, 싫어할 것 같기 때문이다. 하지만 자신의 진짜 모습을 감추려 하면 할수록 나 자신은 더 괴로워질 수밖에 없다. 내가 포장해서 보여주는 모습이 진짜 내 모습이 아니라는 것을 누구보다 스스로가 가장 잘 알고 있기 때문이다.

게다가 더 큰 문제는 아무리 '진짜 나'를 감추려 애를 써도 상대방 또한 그것이 진짜가 아니라는 것을 곧 알게 된다는 것이다. 억지로 만든 모습은 실제의 모습이 아니기 때문에 어딘가 어색하고 부자연스러울 수밖에 없으며, 그런 모습이 되풀이되면 상대도 어느 순간 그 모습이 가짜라는 것을 알게 된다.

세상에 단점이 없는 사람은 없다. 서로를 아끼고 존중하는 사이라면 오히려 그 단점이 있다는 사실 때문에 서로를 더 이해하고 사랑할 수 있다. 만약 누군가 당신이 소심하고, 순진하고, 우유부단하고, 용기가 부족하다고 해서 당신을 무시하거나 얕본다면, 굳이 그런 사람과 관계를 지속해야 할 필요가 있을까?

사람들이 만나 관계를 맺는 것은 어쩌면 서로에게 부족한 걸 채워 주기 위함이다. 모든 것을 가지고 있는 사람이라면 굳이 다른 사람을 만날 필요가 없을 것이다. 하지만 그런 사람은 이 세상에 존재하지 않는다. 만약 당신의 단점을 감추기 위해 스스로를 아프게 할 정도로 힘겨운 관계를 맺고 있다면, 그런 관계는 하루라도 빨리 단절하는 것이 좋다.

## ♀ 소중한 사람과 잘 지내면 그만

일 때문에, 주변 관계 때문에 얼굴을 자주 마주함에도 불구하고 이상하게 정이 가지 않고 어색한 사람들이 있다. 그런 사람과 좀처럼 가까워지지 않으면, '내가 너무 낯을 가리나', '조금 더 친근하게 대해야 하는 거 아닌가' 스스로를 되돌아보게 되곤 한다.

하지만 인간관계란 꼭 자주 본다고 가까워지는 것은 아니다. 어떤 사람은 오랜만에 만나도 마음이 편해지는 반면, 어떤 사람은 볼수록 마음의 벽이 쌓이고 말을 할 때마다 자꾸만 엇나가곤 한다. 그런 사람들과 억지로 친해지려 노력하면, 결국 마음속에 스트레스만 쌓이고 근심거리만 늘어날 뿐이다.

누구에게나 그런 관계가 있다. 적당히 맞장구쳐 주고,

가끔 웃어주지만 쉽게 마음은 열지 않는 그런 관계. 결국 우리는 모든 사람과 가까이 지낼 수 없고, 모든 사람에게서 사랑받을 수도 없다. 그러니 어색한 사람이 있다고 너무 마음 쓰지 말자.

정말 마음이 통하고, 함께 있으면 즐거운 사람과 잘 지내면 그만이다. 그런 사람과의 관계에 더욱 신경 쓰고, 그런 사람과 행복한 시간을 보내면 그걸로 충분하다.

'꼭 그래야만 하는 관계'란 없다. 이런 관계도 있고 저런 관계도 있는 법이라고 마음을 열고 받아들이면, 조금 더 유연하게 인간관계에 대처할 수 있을 것이다.

## ♀ 인간관계에 능숙해지는 비결

### ① 모두와 친하게 지내려고 하지 않는다

인간관계에 능숙한 사람들은 수많은 사람들과 친하게 지낼 것 같지만 실제로 친하게 지내는 사람은 그렇게 많지 않다. 그들은 인간관계에 쓸 수 있는 에너지가 한정돼 있다는 것을 잘 알고 있기 때문이다. 그래서 그들은 소중한 사람에게 더 많은 시간과 에너지를 쏟으며, 나머지 사람들에게는 적당히 필요한 만큼의 에너지만 사용한다.

### ② 긍정적이고 행복한 기운을 발산한다

인간관계를 주도하는 사람 가운데 인생에 대해 부정적인 태도를 가진 사람은 없다. 인간관계에 대한 한 연구 결과에 따르면 행복해하는 사람을 만나면 나의 행복도도 15% 올라간다고 한다. 인간관계에 능숙한 사람들은 언제나 긍정적이고 낙천적인 기분을 가지고 살아가려 노력하고, 그 기

당신보다 소중한 사람은 없습니다

운을 상대에게도 그대로 전달한다.

### ③ 시간을 들여 구체적인 노력을 한다

자신이 필요할 때만 상대를 찾으면 상대도 내가 필요해
질 때만 찾게 된다. 따라서 오랫동안 계속 이어질 수 있는
관계란 평소에도 꾸준한 관심을 필요로 한다. 인간관계에
능숙한 사람들은 작게라도 꾸준한 관심을 표한다. 물론 모
든 사람에게 그렇게 하지는 않는다. 관심은 소중한 사람에
게 한정된다. 또한 그 관심이 대단한 것일 필요도 없다. 문
자 한 통, 차 한 잔으로도 충분하다.

### ④ 늘 자신을 낮추고 상대를 높인다

사람들은 누구나 대접받고 싶어 한다. 그래서 인간관계
에 능숙한 사람들은 늘 상대방을 존중하는 겸손한 태도를
견지한다. 그들은 스스로에 대한 자존감이 높기 때문에, 상
대를 높여 주고 존중해 준다고 해서 자신의 지위가 낮아지
는 것이 아님을 안다. 따라서 자기 자신을 존중하는 만큼 상
대방을 존중한다. "내가 대접받고 싶은 대로 타인을 대접하
라"라는 말을 몸소 실천하는 사람들이라고 할 수 있다.

### ⑤ 열등감과 피해의식이 없다

인간관계에 능숙한 사람들은 자신보다 능력이 뛰어나고 잘나 보이는 사람에 대한 열등감과 피해의식이 없다. 잘나고 못난 것은 상대적이며, 서로를 있는 그대로 인정하는 것이 관계의 핵심이라는 것을 안다. 누구든 장점과 단점을 동시에 가지고 있기 때문에, 장점은 더 북돋아 주고 단점은 감싸 주면 된다고 생각한다.

### ⑥ 말하는 것보다 듣는 것에 익숙하다

대화를 나누다 보면 누구나 자기 얘기를 더 많이 하고 싶어 한다. 하지만 인간관계에 능숙한 사람들은 누군가와 진심으로 가까워지기 위해서는 나보다는 상대의 이야기에 더 많은 관심을 가져 주어야 한다는 것을 안다. 말하는 것을 줄이고 듣는 것을 늘릴 때 관계는 더 친밀해진다.

### ⑦ 대화 상대를 남과 비교하지 않는다

아무리 좋은 의도라도 비교는 결국 관계를 갉아먹고 사이를 멀어지게 하는 최악의 습관이다. 관계에 능숙한 사람들은 상대의 단점이 보이더라도 그것을 다른 사람과 비교하지 않으며, 상대를 있는 그대로 이해해 주고 공감해 준다.

당신보다 소중한 사람은 없습니다

⑧ 누구의 탓도 하지 않는다

관계를 맺다 보면 예기치 않게 안 좋은 일들이 생기곤
한다. 이때 인간관계에 능숙한 사람들은 안 좋은 일의 책임
소재를 찾기보다 해결할 수 있는 방법을 먼저 찾는다. 악인
이 아닌 이상, 일부러 처음부터 일을 망치려는 사람은 없다.
본의 아니게 일의 결과가 좋지 않았다면 빨리 잊어버리고
수습을 하는 것이 먼저다.

## ♀ 당연한 가족관계는 없다

가장 가깝고 가장 친밀할 수 있으면서도, 반대로 가장 멀고 소원할 수 있는 관계가 가족 관계다. 때로는 다른 누구보다 서로를 더 아껴 주고 감싸 주지만, 때로는 다른 누구보다 더 큰 상처를 주고 아프게 만드는 것도 가족이다.

혈연으로 맺어진 부모나 형제자매는 내가 임의로 선택할 수 있는 사람들이 아니다. 그리고 인생의 일정 기간은 싫든 좋든 한 지붕 아래에 있어야 하고, 좋은 모습 안 좋은 모습을 매일같이 보여주면서 살아가야 한다. 내가 선택할 수 없는 사람들과 오랜 시간을 함께해야 하는데, 갈등이 생기지 않는 것이 오히려 더 이상할 정도다.

그런데 오랜 시간 함께 살다 보면 서로에게 익숙해져서 가족에 대한 '당연한' 생각들이 자리를 잡는다. 아빠라면

'당연히' 일이 힘들더라도 참고 돈을 벌어서 가족을 부양해야 하고, 엄마라면 '당연히' 이런저런 집안일을 챙기고 자식들에게 신경을 써야 하며, 자식이라면 '당연히' 부모의 말을 잘 따르고 열심히 공부해야 한다는 생각 같은 것들이다.

가족 관계를 힘들게 만드는 것은 어쩌면 그런 당연한 생각들이다. 아빠이기 이전에, 엄마이기 이전에, 자식이기 이전에 다른 사람과 마찬가지로 때로는 게으르고 싶고, 때로는 혼자이고 싶고, 때로는 자유롭고 싶기도 한 평범한 존재라는 사실을 우리는 잊고 사는 것이다.

사실 아빠라서, 엄마라서, 자식이라서 반드시 그래야 하는 것은 없다. 아빠라는 이유로 참고 돈을 벌어야 하는 것은 아니고, 엄마라는 이유로 집안일에 온몸을 바쳐야 하는 것은 아니며, 자식이라는 이유로 공부에 매진해야 하는 것은 아니다. 그렇게 하지 않는다고 해서 그들이 무슨 잘못을 저지른 것은 아니다.

앞에서 얘기한 역할을 내 가족이 훌륭하게 해내고 있다면 그것은 당연한 의무이기 때문이 아니라, 사랑을 담아 노력을 하고 있기 때문이다. 역할을 수행하는 본인은 당연히 하는 것이라 생각하더라도, 상대방은 그것을 당연하게 여겨선 안 된다.

힘들어도 자상한 아빠가 되기 위해, 고단하더라도 따뜻한 엄마가 되기 위해, 어렵더라도 괜찮은 자식이 되기 위해, 모두가 스스로를 다독이며 힘을 내고 있는 것이다.

위대한 작가 톨스토이의 소설 〈안나 카레니나〉는 다음과 같은 구절로 시작한다.

"행복한 가정은 모두 비슷한 이유로 행복하지만, 불행한 가정은 모두 저마다의 이유로 불행하다."

행복한 가정과 불행한 가정을 가르는 것은 당연함에 대한 태도가 아닐까 싶다. 행복한 가정은 가족이기 때문에 당연히 그래야 한다는 생각을 상대에게 강요하지 않는다는 공통점을 가지고 있다. 하지만 불행한 가족은 부모는 이래야 하고, 부부는 이래야 하고, 자식은 이래야 한다는 각자의 생각을 상대에게 주입하려 하거나 강요한다.

당신보다 소중한 사람은 없습니다

가족들 모두가 '당연히'라는 고정관념을 버리고 '그럼에도'라는 이해심을 갖는다면, 가족 때문에 괴롭고 힘든 일은 훨씬 줄어들지 않을까 싶다.

## ♀ 그 사람의 무례함은
## 사실 질투일 뿐

아무런 이유 없이 당신을 미워하고, 당신에게 무례한 말을 내뱉는 사람은 그리 많지 않다. 사람이라면 누구나 상대방에게 좋은 이미지를 남기고 싶어 하기 때문이다.

그러니 만약 누군가가 당신에게 상처 주는 무례한 말을 했다면, 그 사람의 말속에 숨은 저의를 곰곰이 생각해 볼 필요가 있다.

만약 당신에게 어떤 기회가 찾아왔을 때, 안될 것 같다며 찬물을 끼얹는 사람이 있다면, 그는 당신에게 찾아온 기회를 부러워하고 있을 가능성이 크다.

만약 당신의 사소한 부분을 지적하는 사람이 있다면, 이는 당신의 장점을 깎아내리기 위해서 굳이 단점을 꼽아 이야기하는 것일 확률이 높다. 이런 사람들은 당신이 가진 장점을 부러워하면서도, 이를 내색하지 않고 자꾸만 단점을 짚어 내려 애쓴다.

당신의 기분이 나쁠 걸 알면서도 굳이 꺼내어 이야기하는 사람들은 당신에게 어떻게 해서든 무례한 말을 해야 마음이 풀리는 상태에 놓인 사람들이다. 생각 없이 듣고 나면 기분이 상하고 괘씸한 감정이 들겠지만, 그 말들이 사실은 질투에서 비롯되었다는 것을 깨달으면 오히려 상대가 측은하고 안타깝게 느껴진다.

보잘것없고 별 볼 일 없는 사람일수록 당신의 단점을 꼽아 내고, 도전을 무시하며, 당신을 얕잡아 본다. 그러니 이런 말들에 상처받고 힘들어하지 말자.

## ♀ 다정한 사람이 가장 강하다

이상하게 사람들은 선하고 착한 사람들이 남에게 잘 휘둘리고 유약하다고 생각한다. 세상을 긍정적으로 바라보는 사람더러 '순진하다'고 이야기하고, 이타적으로 사는 사람에게 '세상 물정 모른다'고 이야기하는 것만 봐도 그렇다.

하지만 사실 우리가 사는 세상을 다정하게 견디기란 무척 어려운 일이다. 세상을 비뚤게 보고 불만을 가지는 것은 굉장히 쉽다. 인생은 언제나 우리가 생각하는 대로 흘러가지 않으며, 우리를 화나게 하고 힘들게 하는 일들은 하루가 멀다 하고 닥쳐오니 말이다.

누군가에게 잘해줘 봤자 배신을 당하기 일쑤고, 열심히 일궈 놓은 관계는 별것도 아닌 일로 망가진다. 다들 자기 먹고 살기에 바쁘고, 타인에 대한 배려는 눈 씻고 찾아봐도 없

당신보다 소중한 사람은 없습니다

다. 이런 각박한 세상에서 나 혼자 다정하고, 나 혼자 배려하기란 여간 어려운 일이 아니다.

언뜻 보면 착한 사람들은 태평하고 낙관적으로 살아가는 것 같지만, 사실 깊이 들여다보면 이들의 삶은 투쟁으로 가득 차 있다. 삶을 괴롭게 만들려는 사람들과 싸우고, 인생을 부정적으로 보게 만드는 일들과 싸우고, 미래에 대한 불안과 싸우며, 나만 손해 보며 사는 것 같다는 환멸과 싸운다. 아무리 세상이 험하고 더러워도 긍정적인 면을 살피려고 애쓰고, 사람의 마음속에 숨어 있는 선함을 믿는다.

다정한 사람이 정말로 강한 까닭은 그런 탓이다. 이들이 살아가는 세상도 우리가 사는 세상과 마찬가지로 유토피아가 아니다. 그럼에도 인간에 대한 배려를 품고 있다는 것은, 그만큼 이들의 마음이 작은 일에 흔들리지 않을 정도로 단단하고 강하다는 뜻이다.

## ♀ 혼자 애쓰고 상처받지 마라

설령 상대가 나와 잘 맞지 않더라도, 우리는 기본적으로 상대를 배려하고 그에게 맞춰 주려고 노력한다. 언젠가는 나의 마음을 알아주겠지 생각하고, 언젠가 이 관계가 나아지겠지 기대하면서 애를 쓴다.

인간관계에서 상처받고 힘들어하는 사람들은 대부분 위와 같은 생각을 가지고 있다. 약속을 어기는 친구, 바람피우는 연인, 거짓말을 일삼는 형제에게 희망을 품는다. 애석하게도 이런 사람들은 쉽게 변화하지 않는다.

물론 달라지는 관계도 있다. 상대방도 변화하기 위해서 애써 노력하는 경우가 그렇다. 하지만 이런 상황이라면 애초에 그 사람 때문에 그토록 스트레스 받고 힘들지도 않았을 것이다.

인간관계는 결코 혼자만의 의지로 흘러가지 않는다. 한쪽이 아무리 노력하더라도, 다른 한쪽이 이해하지 않고 존중하려 애쓰지 않는다면, 결국 그 관계는 망가지게 되어 있다. 그런 관계를 억지로 지속하면 계속되는 실망감 속에서 마음의 상처만 키우게 될 뿐이다.

그러니 만약 당신을 힘겹게 하는 사람이 있다면, 그런 사람과의 관계는 되도록 빠르게 정리하도록 하자. 그리고 당신과의 관계를 긍정적으로 이끌기 위해 노력하는 사람을 곁에 두도록 하자. 그런 사람과 함께한다면, 가끔 다투고 토라지고 상처받더라도 결국엔 전보다 더욱 단단한 관계를 만들어 나갈 수 있을 것이다.

## ♀ 말만 많은 사람을 조심하라

말만 들으면 세상에서 제일 열심히 사는 것 같은 사람들이 있다. 하고 싶은 것도 많고, 아이디어도 넘쳐흐르며, 언제나 의욕으로 가득하다.

때로는 그런 사람이 대단하게 느껴지기도 하고, 자신은 왜 이렇게 의욕이 없을까 자책하게 되기도 한다. 하지만 이런 생각은 섣부른 판단이다.

한번 그 사람의 삶을 자세히 들여다보자. 아마 말만 번지르르할 뿐, 사실상 행동으로 이뤄 내는 건 거의 없는 경우가 많을 것이다. 하지도 않고, 할 생각도 없으면서 말만 그럴싸하게 늘어놓고 마치 자신이 그걸 다 이룬 것처럼 행동할 뿐이다.

그런 사람의 말은 절대 믿지도 말고, 절대 따르지도 말자. 당신이 믿고 따라야 하는 사람은 먼저 행동하고 실천하는 사람이다.

말은 공중으로 흩어지지만 행동은 결과로 남는다. 무엇을 열심히 하기에도 부족한 에너지를 말하는 데 다 써버리는 사람과 함께한다면, 결국 그 일을 행동으로 옮기는 건 당신이 될 것이다.

## ♀ 인내와 노력이
## 좋은 관계를 만든다

누구나 자신과 마음이 맞는 사람과 어울리고 싶어 한다. 그래서 우리는 요즘 상대방에게 'MBTI가 어떻게 되냐'고 묻는다. 하지만 MBTI 궁합이 관계의 친밀성을 보장해 주지는 못한다.

MBTI의 궁합이 맞다는 것이 오히려 관계에 좋지 못한 영향을 끼칠 수도 있다. 궁합이 잘 맞는다는 이유로 빠르게 가까워졌다가, 오히려 더 강하게 충돌할 수 있기 때문이다.

나는 인간관계가 반죽과 같다고 생각한다. 이탈리아의 대표 음식 중 하나인 파스타는 밀가루와 달걀을 섞어서 면을 만든다. 그런데 처음 밀가루에 달걀을 넣으면 생각보다 쉽게 섞이지 않는다. 손과 팔에 쥐가 날 만큼 계속해서 주무르고, 치대야 비로소 서서히 밀착되며 섞이기 시작한다. 그리고 인고의 시간이 지나면, 반죽은 밀가루도 아니고 달걀도 아닌 파스타 면이라는 새로운 형태로 환골탈태한다.

우리가 반죽을 할 때 사용할 수 있는 재료는 다양하다. 밀가루와 달걀을 섞을 수도 있고, 달걀과 야채를 섞을 수도 있으며, 해물과 밀가루를 섞을 수도 있다. 처음에는 서로 전혀 섞일 것 같지 않은 재료들도 정성 들여 반죽을 해 주면 서로에게 스며들어 아주 새로운 요리로 탄생한다.

인간관계를 요리에 비유하자면 각각의 재료는 사람에 해당한다. 똑같은 성질의 재료가 존재하지 않듯이 사람 또한 똑같은 사람은 존재하지 않는다. 하지만 아무리 성질이 다른 재료라 하더라도 정성 들여 반죽을 하고 요리를 하면 새롭고도 오묘한 맛이 탄생할 수 있듯이, 아무리 다른 성격의 사람이라 하더라도 서로에게 스며들기 위해 노력하면 참신하고 대체불가능한 관계가 탄생할 수 있다.

주변을 보면 성격 차이 때문에 헤어지는 연인이나 부부들이 많다. 하지만 성격 차이라는 것이 과연 결정적인 이유

일 수 있는지는 의문이다. 모든 사람의 성격은 다를 수밖에 없고, 중요한 건 서로에게 맞추어 가는 일이기 때문이다.

상대에 대해 거의 아무것도 모르는 상태에서 우연히 만나 반하게 된 건, 본능적인 끌림 때문이었을 것이다. 우리는 그 본능적인 끌림을 사랑이라고 생각하지만, 아직은 진정한 의미에서의 사랑은 아니다. 오랜 시간 반죽을 해야 완성되는 파스타 면처럼, 사람과 사람이 깊게 얽히기 위해서는 절대적인 시간과 노력이 필요하기 때문이다.

사랑이 가장 숭고한 형태의 인간관계라고 한다면, 사랑은 그 어떤 인간관계보다 많은 시간과 노력을 필요로 한다. 긴 시간 정성 들여 반죽을 해 줘야 하는 것이다.

결국 사랑이든 다른 식의 인간관계든 좋은 관계가 만들어지려면 서로의 차이를 극복하고, 서로에게 섞여 들어가려는 노력이 필요하다. 물론 그 노력은 쌍방적이어야 결실을 맺을 수 있는 것이지, 일방적이라면 오래가지 못한다.

## ♀ 싫어하면 싫은 사람이 된다

자꾸만 거슬리는 행동을 하는 사람이 있다. 약속 시간에
자꾸 지각하거나, 선 넘는 발언을 하거나, 자기 돈은 쓸 줄
모르고 뜯어먹을 줄밖에 모르거나. 사람의 머릿수만큼이나
우리를 스트레스받게 하는 다양한 유형이 존재한다.

단순히 관계를 끊어 낼 수 있으면 참 좋을 텐데, 이 또한
쉽지 않은 일이다. 여러 사람이 복잡하게 얽혀 있는 경우도
있고, 어쩔 수 없이 자주 마주쳐야만 하는 사람도 있기 때문
이다.

이때 사람들의 대처 방법엔 크게 두 유형이 있다. 하나
는 그냥 참고 견디는 것, 다른 하나는 직접적으로 이야기하
는 것이다.

사실 두 가지 방법 다 좋은 방법은 아니다. 먼저 혼자 참고 견디려고 하면 그 관계에서 받는 스트레스를 오롯이 본인이 감당해야 하고, 문제도 해결되지 않는다. 그리고 직접적으로 이야기하는 것은 자칫 큰 다툼으로 일을 확대시킬 우려가 있다.

가장 좋은 방법은 그 사람을 '좋은 사람으로 만드는 것'이다. 사람은 바꿔 쓰는 게 아니라지만, 정말로 구제 불능인 경우가 아니라면 단순한 심리 법칙을 사용하여 상대방의 행동을 차츰차츰 교정해 나갈 수 있다.

대표적인 방법은 '라벨링 효과'를 이용하는 것이다. 사람은 무의식적으로 자신이 규정된 대로 행동하려는 경향이 있다. 자신의 직업에 따라, 처한 위치에 따라 행동과 사고방식이 달라지는 것이 대표적인 예다.

만약 자꾸만 툴툴거리고 불만이 많은 사람이 있다면, '넌 마음이 참 넓은 사람이야', '넌 이해심이 많네' 이런 말들을 자주 들려 주자. 그런다면 그 사람은 '내가 정말 그런가?', '내가 그렇게 좋은 사람이었나?' 하는 의구심을 품으

당신보다 소중한 사람은 없습니다

며 자기도 모르게 당신이 규정한 대로 행동하려 노력하게
될 것이다.

이를 반대로 생각해 보면, 상대방의 행동을 지적하고,
수시로 문제를 제기하는 것이 오히려 그를 더 잘못된 길로
몰아갈 수도 있다는 것을 알 수 있다.

지각이 잦은 사람에게 '넌 왜 이렇게 자꾸 늦냐?'는 식의
말을 반복하다 보면 '나는 원래 늦는 사람'이라는 인식이 머
리에 박혀 오히려 그런 행동을 죄책감 없이 더 자주 반복하
게 될 수 있다.

기분 나쁜 말을 자주 하는 사람일수록 그가 좋은 말을
할 때마다 칭찬해 주고, 감정이 격한 사람일수록 그가 이성
적으로 행동할 때 치켜세워 주자. 상대방의 싫은 점에 집중
하면 그 사람은 더욱 싫은 사람이 될 것이고, 상대방의 좋은
점에 집중하면 그 사람은 더욱 좋은 사람이 될 것이다.

## ♀ 사회성 부족한 사람들이 하는 행동

조금 소심하고 남들 앞에서 잘 나서지 못하는 사람에게, 어떤 이들은 종종 '사회성이 부족하다'는 이야기를 하곤 한다. 가끔은 자신감을 가져야 한다고, 자기 주장을 분명하게 펼칠 줄도 알아야 한다고 조언한다.

하지만 정말로 낯을 가리고 말을 잘 못 한다고 사회성이 부족한 것일까? 사실 진짜 사회성이 부족한 사람은 따로 있다. 바로 해야 할 말과 하지 말아야 할 말을 구분하지 못하는 사람이다. 괜히 참견하고, 선을 넘으며, 분위기를 읽지 못하는 그런 사람이다.

오히려 남들 앞에서 말을 잘 못하는 사람은 사회성이 좋은 사람이라고 할 수 있다. 이들은 혹여 실수할까 봐, 상대방에게 상처를 입힐까 봐, 말을 고르며 조심하고 있는 사람

당신보다 소중한 사람은 없습니다

이기 때문이다. 생각이 깊고 조심스럽다 보니, 대화에 쉽게 끼어들지 못하는 것일 뿐이다.

하지만 어떤 사람들은 남에게 상처되는 말들을 아무렇지도 않게 뱉으면서, 조용히 말을 고르는 이들을 소심하고 사회성이 부족하다고 함부로 평가한다. 자기 자신이 인간관계 속에서 어떤 행동을 하고 있는지도 모른 채 말이다.

내성적인 것과 적극적인 것은 단지 성향의 차이일 뿐이다. 소심하고 말을 못 하는 사람은 좁고 단단한 인간관계를 가지게 될 것이고, 활발하고 적극적인 사람은 넓고 풍부한 인간관계를 가지게 될 것이다. 그리고 사회성이 부족한 사람들은 인간관계를 파탄으로 몰아간다.

혹여 주위의 누군가가 당신에게 더 자신을 어필할 것을 요구한다면, 부담 가질 필요 없다. 당신이 잘못된 것이 아니기 때문이다. 오히려 그들이 자신의 삶의 방식만 옳다고 생각하는 외골수일 뿐이다. 당신은 당신의 방식대로, 당신에게 알맞은 인간관계를 구축해 나가면 된다.

## ♀ 잘 싸우는 관계가 오래 간다

　오래가고 싶은 소중한 사람이 생기면, 우리는 작은 행동 하나하나를 조심하게 된다. 혹시나 내 말에 상대방 마음이 상할까, 혹시 나에 대한 이미지가 나쁘게 잡히진 않을까 걱정한다.

　그러다 보니, 상대방의 행동이 조금 마음에 들지 않아도 참고 넘어가려고 노력하고, 내가 하고 싶은 말, 하고 싶은 것들을 신경 쓰기보다 상대방의 입장을 헤아리고 배려하려고 애쓴다.

　물론 그런 행동이 나쁘다는 것은 아니다. 좋은 인간관계를 위해서는 일정 부분 서로 배려하고 희생하는 마음가짐이 필요하다. 각자 자기가 원하는 것만을 하려고 하는 건 미성숙하고 이기적인 행동이다.

　　　　　　　　　당신보다 소중한 사람은 없습니다

그러나 무조건적인 희생이 늘 옳기만 한 것은 아니다. 남들이 보기엔 잘 다투지도 않고, 늘 화목하기만 한 관계가 좋아 보일 수는 있지만, 깊이 들여다보면 그 안에선 불만이 쌓여 가고 있을 것이다.

사람마다 원하는 것이 다르고, 생각도 다르기 때문에 우리는 필연적으로 엇갈림을 경험한다. 다툼이 일어나는 것 또한 아주 당연한 일이다. 그리고 이건 좋은 관계를 오래 지속하기 위해선 반드시 필요한 일이기도 하다. 왜냐하면 상대방의 솔직한 감정을 알고, 나의 솔직한 감정을 표현하기 위해선 상대방의 불만과, 나의 불만을 주고받는 시간이 있어야만 하기 때문이다. 다툼을 통해서 우리는 속 깊은 이야기들을 알게 되고, 더욱 상대방을 잘 이해하게 된다.

인생에서 둘도 없는 정말 친한 사람이 되기 위해선, 잘 싸우고 그만큼 잘 화해하는 것이 무엇보다도 중요하다. 싸우지 않는 관계는 결국 어느 순간 소원해져 버리고 말 것이다. 그러니 정말 아끼는 사람이 있다면, 그와 다투는 것을 두려워하지 말자. 오히려 작은 다툼들이 그와의 관계를 더 끈끈하게 만들어 줄 것이다.

## ♀ 솔직함 VS 무례함

자기표현을 잘하고 솔직한 사람들을 보면 우리는 자존감이 높고 자신감이 뛰어나다는 느낌을 받는다. 속으로 말을 쌓아 두고, 혼자 상처받으며 아픔을 끌어안는 것보다는 솔직한 편이 더 관계를 생산적으로 이끌어 갈 수 있고, 스스로에게도 도움이 되리라는 생각 때문이다.

그런데 상대방에게 상처되는 말, 혹은 자신의 이미지를 깎아 먹는 말을 내뱉고는 '난 솔직한 편이잖아'라고 이야기하는 사람들이 있다. 솔직함은 긍정적인 태도이니, 자기 자신의 행동은 옳으며, 설령 상처를 주었더라도 그걸 이해해야 한다는 듯이 말하는 것이다. 사실 이것은 솔직한 게 아니라 그냥 말을 할 줄 모르는 것이다.

솔직한 것과 아무 말이나 하는 것은 다르다. 정말로 솔

당신보다 소중한 사람은 없습니다

직한 말은 다른 사람을 배려하면서도 자신의 생각을 분명히 표현하는 말이다. 솔직한 말은 사람 사이에 일어날 수 있는 갈등을 예방하고, 서로를 더 깊이 이해할 수 있도록 돕는 말이다.

상처가 되는 말을 아무렇게나 일삼으며 '솔직함'으로 자신을 포장하는 사람에게는 더 이상 귀를 기울이지 말자. 말한마디는 얼어붙은 상대방의 마음을 녹이기도 하고, 평화롭던 마음에 갈등의 불씨를 당기기도 한다. 자신의 말의 중요성을 알고, 따뜻한 말을 건네는 사람이야말로 정말로 솔직한 사람이다.

## ✑ 약속을 잘 지킨다는 것

언제나 말만 앞설 뿐, 약속해 놓고 지키지 않는 사람들이 종종 있다. 만나기로 해 놓고선 당일에 약속을 파투 내기도 하고, 해 주겠다고 한 일을 은근슬쩍 없었던 일로 만들기도 한다.

이런 사람을 다루는 건 무척 피곤한 일이다. 이들의 행동은 습관이어서, 조금 불쾌한 티를 낸다고 고쳐지는 것이 아니기 때문이다. 그렇다고 버럭 화를 냈다가는 관계만 불편해질 게 뻔하다.

사실 이런 사람들에 대처하는 방법은 아주 간단하다. 그냥 내버려 두는 것이다. 왜냐하면 이런 사람들은 결국 그 습관 때문에 자신의 인생을 망쳐 버릴 수밖에 없기 때문이다.

당신보다 소중한 사람은 없습니다

다른 사람과의 약속을 지키지 않는 사람은 결국 자신과의 약속도 지키지 않는 경우가 많다. 계획했던 일들은 언제나 흐지부지되고, 인생의 목표는 아무런 의미가 없어진다. 결국 이들의 인생은 시나브로 망가지게 되고 마는 것이다.

이처럼 누군가와의 약속을 지키는 일은 자칫 별거 아닌 일처럼 보이기도 하지만, 그 사람의 인생 전체와도 연관이 되어 있다. 그러니 당신은 언제나 무겁게 약속하고 그 약속을 꼭 지키려 노력해 보자.

다른 사람과의 약속을 잘 지키는 사람이 결국 자기 자신과의 약속 또한 잘 지키며, 계획한 대로 인생을 풀어 나갈 수 있다.

## ℘ 중요한 건 당신의 마음가짐이다

누군가의 말에 상처를 받거나, 충격을 받게 되는 까닭은 그들의 말이 내가 모르던 나를 드러낸다고 생각하기 때문이다. 나는 주변 사람에게 친절하게 대한다고 생각했는데, 누군가에게서 이기적이라는 이야길 들었을 때, 혹은 나는 제법 현명하다고 생각했는데 누군가에게서 생각 없이 산다는 소리를 들었을 때, 우리는 큰 스트레스를 받는다.

사실 그 사람의 말은 개인의 주관적인 평가에 불과하다. 그 사람이 당신을 나쁘게 평가한다고 해서 당신이 나쁜 사람인 것은 아니다. 당신의 어떤 면이 그 사람에게 나쁘게 비추어졌는지도 모르고, 어쩌면 그날 그 사람의 기분이 좋지 않아 당신을 언짢게 여긴 것뿐인지도 모른다.

반대로, 누군가가 당신을 칭찬한다고 해서 당신이 좋은

사람인 것도 아니다. 당신의 어떤 면이 그 사람의 마음에 들었을 수도 있고, 그냥 그 사람의 기분이 좋아서 당신이 좋아 보였을 수도 있다. 누군가의 개인적인 감상에 의미를 두고 휘둘리지 말라는 뜻이다.

어떤 사람의 감정은 그 개인의 것이다. 군이 당신이 그것을 받아들여 가슴에 끌어안고 상처를 만들 필요도, 상장으로 삼을 필요도 없다. 당신이 어떤 사람인지 정의 내리는 것은 그 사람의 평가가 아니라 당신 자신의 마음가짐이다.

당신이 스스로 좋은 사람이라 생각한다면, 그리고 좋은 사람이 되기 위해서 노력한다면 당신은 좋은 사람이다. 당신이 스스로 현명한 사람이라 생각하고, 현명한 사람이 되기 위해 노력한다면 당신은 현명한 사람이다. 그러니 누군가가 당신을 평가하려 한다면, 속으로 이렇게 말해 주자. '그건 네 생각이고.' 그리고 가볍게 무시해 주자.

## ♀ 진실로 용기가 필요한 순간

번지점프대 위에 올랐을 때, 많은 사람들 앞에서 발표해야 할 때, 직장을 옮길 때, 새로운 일을 시작할 때…. 우리가 용기를 가져야 한다고 생각하는 다양한 순간들이 있다. 그런 순간들이 지나갈 때마다 우리는 가끔 너무 겁쟁이처럼 굴었다고, 너무 소심하게 굴었다고 스스로를 다그치고 부끄럽게 여기기도 한다.

하지만 사실 우리의 삶에 정말로 용기가 필요한 순간은 그리 많지 않다. 놀이기구를 좀 타지 못하면 어떤가. 자신의 의견을 똑바로 제시하지 못하면 어떤가. 조금 속상하고 우울할 수 있겠지만, 이로 인해서 우리의 삶이 크게 망가지거나 잘못되는 것은 아니다.

정작 인생에서 용기를 내야 하는 순간은 바로 누군가를

끊어 내야 할 때다. 나를 힘들게 만들고, 내 삶을 갉아먹는 사람을 내 삶에서 밀어내는 것. 그것이야말로 우리가 용기를 품고 반드시 해내야 하는 일이다.

삶에서 부딪히는 대부분의 일들은 참고 견디다 보면 성장의 밑거름이 되기도 한다. 무언가를 배워야겠다는 다짐을 하게 되기도 하고, 나를 돌아보게 하는 기회가 되기도 한다. 혹은 인내심과 끈기를 키우는 계기가 되기도 한다. 그렇지만 나에게 상처를 주는 사람은 내 인생에 어떠한 도움도 되지 않는다.

도전하기 싫다면 굳이 용기를 내지 않아도 된다. 다른 기회가 반드시 찾아올 테니까. 그렇지만 상처되는 인간관계만은 견디지 말자. 시간이 흐를수록 스트레스만 더욱 쌓이고, 마음속 상처만 곪고 덧날 테니까.

## ☿ 반드시 헤어지게 되어 있는 관계

심리학자 존 가트먼 박사는 47년간 3,000명이 넘는 커플을 분석하여, 그들의 대화를 3분만 들어도 결국 헤어질 관계인지 지속될 관계인지 알아낼 수 있다는 것을 밝혀냈다. 결국 파탄 나고야 마는 커플들의 공통점은 그들의 대화 속에 상대방에 대한 멸시가 숨어 있다는 것이었다. 예를 들면 이런 식이다.

"그건 아니지", "넌 이걸 좀 고쳐야 해", "네가 그렇게 하자고 했잖아" 이런 유형의 말들에는 '나는 옳고 너는 틀렸다'는 상대방에 대한 평가와 비난의 의도가 숨어 있다.

이런 대화를 하는 커플은 비록 부부라고 할지라도 94%의 확률로 6년 안에 이혼을 하게 된다고 존 가트먼 박사는 밝혔다.

당신보다 소중한 사람은 없습니다

우리는 누군가와 좋은 관계를 만들어 나가기 위해서는 다양한 요소들이 충족되어야 한다고 생각한다. 성격이라든가, 가치관, 살아온 환경 등이 그렇다. 하지만 사실 그런 요소들은 부차적일 뿐, 결국 관계의 질을 결정짓는 것은 우리의 대화 속에 숨어 있다는 것이 존 가트먼 박사의 설명이다.

우리는 친근하다고 생각하는 사람일수록 함부로 판단하고 함부로 대하는 경향이 있다. 상대방을 얕잡아 보거나 무시하더라도 그것은 그저 농담일 뿐, 진심이 아니라고 변명한다. 하지만 결국 우리는 오로지 상대방이 나에게 건네는 말을 통해서 그의 생각을 이해한다. 본심은 그렇지 않다고 하더라도, 아무렇지도 않게 건넨 한 마디가 상처를 입히기도 하고, 공들여 쌓아 온 신뢰를 무너뜨리기도 한다.

당신의 곁에 있는 사람은 당신에게 어떠한 말투를 사용하고 있는가? 만약 그 사람의 말속에 당신에 대한 무시와 비난이 섞여 있다면, 그 사람과의 관계를 다시 한번 진지하게 생각할 필요가 있을 것이다.

## ♀ 무례한 사람의 말투

말에는 그 사람의 성격, 가치관, 습관이 담겨 있다. 그래서 어떤 사람의 말투를 잘 곱씹어 보면 그 사람이 어떤 사람인지 알아낼 수 있다.

특히 다음과 같은 말투를 쓰는 사람들은 매우 자기중심적이고 배려심이 없는 사람이기 때문에 조심해서 관계를 맺어야 한다.

① "다른 사람들도 다 그래!"
인생에서 일어나는 일은 비슷비슷해 보이지만 똑같은 일은 없다. 그리고 설사 그 일이 다른 일과 매우 비슷하다고 해도 그 비슷한 일에 모두가 똑같이 반응하는 것도 아니다. 그런데 무례한 사람들은 비슷한 일을 똑같은 일로 일반화시켜 상대가 자괴감에 빠지게 만든다.

당신보다 소중한 사람은 없습니다

② "별일도 아닌 걸 가지고 뭘 그래?"

아무리 사소해 보이는 일일지라도 누군가에게는 매우 어렵고 힘든 일일 수 있다. 게다가 그 일이 처음 겪은 일이라면 더 그렇다. 하지만 무례한 사람들은 그런 각자의 상황을 무시하고, 자기 입장에서 사소해 보이면 별일 아닌 것이라고 치부해 버린다.

③ "안 하는 게 나을 뻔했네."

결과가 100% 좋지 않을 것이 뻔한데 일부러 시도해 보는 사람은 없다. 설사 결과가 좋지 않을 가능성이 크더라도 시도해 볼 만한 가치가 있기 때문에 시도했던 것이다. 그런데 무례한 사람들은 그런 사실을 무시하고 좋지 못한 결과에 대해서만 핀잔을 준다.

④ "나도 해 봤는데 그거 안 돼."

무례한 사람들은 자신이 모든 일을 실제로 경험해 본 것처럼 말하면서 상대방의 기를 꺾어 놓으려고 한다. 하지만 그런 식으로 말하는 사람의 지식과 경험은 매우 얄팍하고 조악한 경우가 많다. 실제로 무언가에 열심히 도전해 보았고, 그 분야에 조예가 깊은 사람은 안 될 가능성이 크더라도 도전하는 것에 용기를 북돋아 준다. 그리고 실패해도 크게 실망하지 않도록 진심 어린 조언을 해 준다.

무례한 사람들이 쓰는 말투의 공통점은 상대를 위해 주는 척하면서 실제로는 상대를 깎아내리려고 한다는 것이다. 당신 주변의 누군가가 이런 식의 말투를 자주 사용한다면 그와의 관계를 다시 생각해 봐야 한다.

당신보다 소중한 사람은 없습니다

## ♀ 인간관계에서 오는 번아웃

사람마다 필요한 인간관계의 수는 제각기 다르다. 어떤 사람은 여러 사람을 만나는 걸 즐기는 반면, 어떤 사람은 가까운 몇몇 인간관계를 유지하는 것만으로도 만족감을 느낀다. 그러나 결국 사람들은 많든 적든 인간관계를 통해서 행복감을 얻게 된다.

그런데 만약 당신이 타인과의 만남을 일부러 피하며 한동안 사람을 만나지 않았고, 혼자 지내는 삶만이 만족스럽고 편하게 느껴진다면 '인간관계 번아웃' 증상을 의심해 봐야 한다.

이 증상에 시달리는 사람은 어쩔 수 없이 만나야 하는 관계가 아니라면 조금씩 주변 사람들을 정리해 나간다. 지인과의 술자리도, 각종 모임도, 연애도 줄이고 오로지 혼자 있는 삶에서 행복감을 느낀다. 이들은 대부분 사람에게 크게 상처받은 경험이 있는 사람들이기 때문에, 사람을 만나서 얻게 되는 행복감보다, 관계 속에서 얻는 스트레스가 더 크다고 생각한다.

처음 한동안은 그런 생활에 문제가 없을지 모르겠지만, 시간이 지나면 결국 인간관계 속에서 채워야만 하는 만족감에 결핍을 느끼고, 급기야는 자기 환멸이 동반된 우울감을 경험하게 된다.

그렇다고 해서 지금 당장 집 밖으로 뛰쳐나가 사람을 만날 필요는 없다. 이것은 본질적으로 당신의 마음을 치료하는 방법도 아니고, 급한 만남은 오히려 상처만 더 키울 수 있다.

정말로 중요한 것은 지금까지의 인간관계를 되돌아보는 것이다. 분명 지금까지의 관계 속에서 당신의 감정을 과도하게 갉아먹었던, 당신을 힘겹게 만들었던 누군가를 찾을 수 있을 것이다.

당신에게 필요한 것은 인간관계를 모조리 단절하는 것이 아닌, 잠시 쉬며 다시는 그런 관계를 되풀이하지 않도록 마음을 추스르는 일이다.

누군가에게 사랑받기 위해 애써 자신의 본심을 감추거나, 인정받기 위해 과도하게 힘쓰거나, 상처받은 것을 숨겨왔던 습관을 내던지는 것이다.

사람에게 받은 아픔은 결국 사람 속에서 치유할 수밖에 없다. 관계에서 도망치려고 애써 봐야, 결국 그 끝에 남는 것은 권태일 뿐이다.

## ♀ 내향적인 사람이
## 더 사랑받는다

내향적인 사람들은 사회생활을 시작하면 적잖이 스트레스를 받는다. 외향적인 사람들에 비해 스스로가 너무 사회생활을 못하는 것처럼 느껴지기 때문이다.

내향적인 사람들은 평소에도 살가운 말 한번 제대로 건네지 못하고, 회식 자리에 가서도 입을 다물고 눈치만 보기 일쑤다. 가만히 자리를 지키고 있는 것만으로도 심적인 부담이 크기 때문에 나서서 뭔가를 시도할 엄두조차 내지 못하는 게 보통이다.

그렇다고 해서 외향적인 사람들이 항상 인간관계를 긍정적으로 만들어 가는 건 아니다. 사회생활을 하면서 직장 내 트러블을 일으키는 건 주로 외향적인 사람들이다. 활발

당신보다 소중한 사람은 없습니다

하고 적극적일수록 다른 사람과 의견이 부딪힐 가능성이 커지기 때문이다. 친구 사이에서도 외향적인 사람들이 누군가에게 상처를 주거나 선을 넘는 발언을 하는 등 사소한 실수를 하는 경우가 잦다.

그에 비해 내향적인 사람은 신중하고 입이 무겁기에 외향적인 사람보다 신뢰를 받을 가능성이 높다. 묵묵하게 자기 할 일을 해나가기에 맡은 일을 착실하게 잘 해낸다는 인상을 주기도 좋다. 특히 내향적인 사람 중에 섬세하고 예민한 이들은 눈치가 빠르고 예리하기에 상대방의 기분을 빠르게 파악하고 배려하는 능력이 뛰어나다.

내향적이라고 해서 그것이 사회생활에 독이 되는 것은 아니다. 내향적인 사람이 가지는 장점이, 외향적인 사람이 가지는 장점이 따로 있는 것이다.

그러니 만약 당신이 내향적이라 고민이라면, 굳이 애써서 다른 사람들 앞에 나서려 애쓰기보다는 본인이 가진 장점을 조금 더 살려 보는 게 좋을 것이다.

2장.

그냥,
당신이 행복했으면 좋겠다

## ♀ 결과와 상관없이
## 행복해지는 법


내가 지금 하고 있는 일들이 미래에 성공할지 실패할지
는 스스로 결정할 수 없지만, 이 일을 즐기면서 할지 불평하
면서 할지, 이 일로 내가 지금 좋은 기분을 느낄지 부정적
기분을 느낄지는 분명하게 선택할 수 있다.


내가 지금 상대에게 하는 말이 그에게 도움이 될지 걸림
돌이 될지는 스스로 결정할 수 없지만, 이 말에 긍정적 어감
을 넣을지 부정적 어감을 넣을지, 그 어감으로 상대의 기분
을 좋게 만들지 나쁘게 만들지는 분명하게 선택할 수 있다.


우리는 결코 우리가 하는 일, 우리가 하는 말, 우리가 하
는 행동에 대한 미래의 결과가 어떻게 될지 결정할 수 없다.
하지만 우리는 분명히 우리가 하는 일, 우리가 하는 말, 우

리가 하는 행동에 대해 어떤 식으로 할지 스스로 선택할 수 있으며, 그 선택은 미래의 결과와 상관없이 현재의 나를 행복하게 만들 수도 있고 불행하게 만들 수도 있다.

우리가 알 수도 없고, 결정할 수도 없는 일에 대해서는 너무 집착하지 않고 느긋한 기분으로 신경을 덜 써야 마음이 편해진다. 그리고 우리가 잘 알고 있고, 결정할 수 있는 일에 대해서는 항상 즐거운 기분으로 긍정적이고 부드럽게 처신하는 것이 행복의 비결이다.

## ♀ 연출된 행복 VS 진짜 행복

　군침을 돌게 만드는 비주얼이지만 정작 먹어 보니 맛은 없는 음식이 있다. 다음 장면이 궁금해지는 예고편이었지만 정작 관람하니 재미없는 영화도 있다.

　빠르게 돌아가는 세상 속에서 우리 삶은 수없이 많은 연출된 것들에 노출돼 있다. 음식을 홍보하고 영화를 광고하는 입장에서야 경쟁은 치열하고 보여 줄 시간은 짧으니, 연출을 통해 사람들을 혹하게 만드는 데 목숨을 거는 것이 당연하다. 혹하게 하려고 하니 사람들이 좋아하는 본능적이고 자극적인 것들로 음식과 영화를 포장한다. 하지만 그 때문에 사람들은 좋아 보이는 것과 진짜로 좋은 것을 구분해 내기 힘들다.

　SNS의 발달로 관계 맺기가 쉬워진 세상에서 인간관계

도 연출을 통해 맺어지는 경우가 늘어나고 있다. 하지만 음식이나 영화야 연출된 모습에 속더라도 돈 몇 푼 날리면 그만이지만, 사람 관계에서조차 그러면 인생이 피곤해진다.

잘생기거나 예뻐 보이는 얼굴, 물 흐르는 듯한 말솜씨, 누구나 부러워할 만한 재력과 지성, 그런 건 어쩌면 연출된 것에 불과하다. 인간관계에서 중요한 것은 그렇게 겉으로 드러난 모습이 아니라 그 사람이 안에 품고 있는 성품과 인성이다. 하지만 그런 것들은 금세 알 수가 없다.

아무리 사람 보는 눈이 좋아도 타인의 품성과 인격을 점쟁이처럼 금방 알아보는 것은 불가능에 가깝다. 모든 사람은 누군가를 처음 만났을 때 본능적으로 상대가 좋아할 만한 것들만 드러내고, 상대가 싫어할 만한 것들은 숨기는, 연출을 하기 때문이다.

하지만 아무리 숨기려 해도 시간이 어느 정도 흐르면서 여러 가지 상황을 겪다 보면 그 사람이 가지고 있는 본성이 드러나게 돼 있다. 인간관계를 맺을 때 시간을 들이며 천천히 가까워져야 하는 것이 바로 그런 이유 때문이다.

    잘생겼다고 하긴 힘들더라도 언제나 진심이 담긴 표정, 물 흐르듯 화려하진 못하더라도 언제나 상대를 배려하는 말투, 가진 것은 많지 않더라도 언제나 마음만은 넉넉한 태도. 그런 것들을 가진 사람을 만나야 한다. 그래야 연출된 행복이 아닌 진짜 행복을 오래 누릴 수 있다.

당신보다 소중한 사람은 없습니다

## ♀ 인생이 힘들거나 권태로울 때

　살다 보면 어느 순간 '아, 힘들다'는 생각이 들 때가 있다. 정말 힘들어서 그럴 수도 있고, 하는 일이 권태로워져서 그럴 수도 있다. 그럴 땐 만사가 귀찮고, 집안에 틀어박혀 아무것도 하고 싶지 않다. 하지만 그런 상황에서 벗어나고 싶다면 행동은 그 반대로 해야 한다. 힘들어서 아무것도 하기 싫을 땐 다음과 같은 조치를 취해 보자.

　① 밖으로 나가 햇볕을 쬔다
　힘들 때 방 안에만 틀어박혀 있는 것은 최악이다. 힘들 때일수록 자주 밖에 나가야 한다. 나에게 가장 잘 어울리는 옷을 입고, 가장 멋진 신발을 신고 밖으로 나가자. 밖에 나가 꼭 무언가를 해야 할 필요는 없다. 그냥 천천히 걸으면서 햇볕을 충분히 쬐는 것만으로도 우울한 기분이 상당 부분 해소된다.

### ② 친한 친구와 수다를 떤다

힘든 일이 생기면 사람을 멀리하게 되는데, 사실은 그 반대로 해야 한다. 사람은 속에 있는 이야기를 누군가에게 털어놓는 것만으로도 스트레스의 상당 부분을 해소할 수 있고, 상대의 격려로 새롭게 힘을 얻게 된다. 나와 가장 가까운 사람에게 전화를 걸어 위로를 받자. 나 또한 언젠가는 그에게 힘이 되어 오늘의 위로를 되돌려주면 된다.

### ③ 해 보고 싶은 리스트를 만든다

밖으로 나가기도 싫고 누군가에게 연락을 하기도 싫다면 책상에 앉아 앞으로 내가 해 보고 싶은 일들의 목록을 작성해 보자. 아주 사소한 것이라도 좋다. 가 보고 싶었던 곳, 해 보고 싶었던 일, 만나 보고 싶었던 사람을 적어도 좋고 심해 여행이나 우주 여행을 꿈꿔 봐도 좋다. 하고 싶은 일을 상상하는 것만으로도 우리의 기분은 훨씬 좋아진다.

### ④ 지금의 상황을 글로 적어 보자

우리가 힘들어지는 이유 가운데 하나는 부정적인 느낌을 그대로 받아들이기 때문이다. 하지만 그것은 느낌일 뿐이다. 내가 힘든 이유를 구체적으로 글로 써 보자. 그리고

당신보다 소중한 사람은 없습니다

나를 힘들게 만드는 것을 어떻게 극복할 수 있는지도 써 보자. 어떤 일을 글로 풀어 쓰게 되면, 그 원인이 보다 구체적으로 드러나게 되는데, 그 원인이라는 것이 적고 나면 별것 아닐 때가 많다. 또 글을 쓰는 과정에서 해결방법이 불현듯 떠오르기도 한다.

살아 있다는 것은 조금이라도 움직이는 것이고, 죽어 있다는 것은 전혀 움직이지 않는 것이다. 힘들다는 생각이 들수록 움직이기가 싫어지지만, 그럴수록 몸과 마음을 더 바지런히 움직여야 한다. 바지런히 움직일수록 삶의 욕구가 차오르고, 더 열심히 살아야겠다는 의지가 생겨난다.

시장을 가거나 병원을 가 보라. 그곳엔 힘들고 괴로운 사람들로 가득하지만 그곳만큼 삶에 대한 의지가 넘쳐흐르는 곳은 없지 않은가.

## ♀ 인생은 드라마가 아니라 시트콤이다

어떤 사람들은 똑같은 어려움을 겪어도 쉽게 좌절하지
않고 툭툭 털고 일어난다. 힘든 일이 있어도 밝음을 잃지 않
고, 언제나 명랑하게 긍정적인 에너지를 풍긴다. 이런 사람
들이 가지고 있는 비밀은 무엇일까.

그것은 자신의 삶을 드라마가 아니라 시트콤이라고 생
각한다는 것이다. 똑같은 불행한 일도, 드라마에선 비극이
지만 시트콤에선 해프닝에 불과하다.

시트콤에서 일어나는 일들을 보고 함께 분노하거나, 공
감하며 슬퍼하는 사람들은 많지 않다. 왜냐하면 그곳에서
일어나는 일들은 결국 작은 이벤트에 지나지 않으며, 등장
인물들은 다시 재미있고 즐거운 상황에 처할 것이라는 걸
알고 있기 때문이다.

당신보다 소중한 사람은 없습니다

주인공의 삶을 훼방 놓는 등장인물도, 드라마 속에선 악역이지만 시트콤 속에선 단지 유별난 성격을 가진 조연에 불과하고, 친구의 배신도, 연인과의 헤어짐도, 사업의 실패도 모두 결국 웃기 위한 해프닝에 불과하다.

그러니 당신도 지금 삶이 우울하고 힘들다면, 자신의 삶을 시트콤이라고 생각해 보자. 쓸쓸하고 어두운 톤으로 삶을 바라보지 말고, 밝고 화사한 톤으로 세상을 바라보자. 슬프고 우울한 배경음악 대신 신나고 장난스러운 음악을 삶의 배경음악으로 삼자.

결국 힘든 일은 지나가고, 웃게 되리라는 것. 그것을 확신하는 것만으로도 삶은 한결 편하고 즐거워질 것이다.

## ♀ 덜 엄격해야 하는 이유

자기 자신을 불안하게 만들고, 답답하게 만들며, 화나게 만드는 지름길이 있다. 그것은 바로 '정해진 대로 해야 한다'는 강박관념이다.

무언가를 이루기 위해서는 분명, 충분하게 계획을 짜고 열심히 노력하는 것이 필요하다. 하지만 많이 계획해 보고 여러 번 노력해 본 사람은 안다. 처음 계획한 대로 완벽하게 진행되는 일은 없다는 것을.

일이 계획대로 진행되지 않는 것은, 인간의 능력으로는 중간중간에 생길 수 있는 갑작스런 변수를 미리 다 알 수 없기 때문이다. 몸이 아플 수도 있고, 예상치 못한 사고가 날 수도 있고, 생각보다 긴 시간이 걸릴 수도 있다.

사람의 몸은 기계처럼 움직일 수 없다. 심지어 기계도 쉬지 않고 움직이면 고장이 나기 때문에 가끔씩 작동을 멈추고 쉬게 하며, 오래된 부품을 갈아주기도 하고, 고장 날 가능성이 큰 곳은 미리 수리를 하기도 한다.

그래서 계획을 잘 짜는 사람들은 목표에 빨리 도달하는 것에 집착하지 않고 예기치 못한 변수들까지 생각하여 시간에 여유를 둔다. 그렇게 여유를 둔다고 해도 자신이 생각지 못한 또 다른 변수가 생길 수 있다는 것까지 염두에 둔다.

여유를 두는 것이 계획이 될 수 있냐는 물음이 있을 수 있다. 계획의 주목적은 정해진 시간을 효율적으로 사용하는 것이기 때문이다. 또 어떤 일은 아무리 큰 변수가 생겨도 포기하지 말고 반드시 해내야 하는 일도 있다. 하지만 회사에서처럼 여러 사람이 함께하는 일이 아니라 개인적인 일이라면, 우리 인생에서 정해진 마감 시간을 단 한 시간, 단 하루도 어기지 않고 해내야 하는 일은 그렇게 많지 않다.

애초에 계획했던 대로 흘러가지 않았다고 해서 계획대로 되지 않는 것은 아니다. 모로 가도 서울만 가면 된다는 말이 있듯이, 돌아가든, 비켜 가든, 옆으로 가든, 대각선으로 가든, 목표를 향해 나아가고 있으면 된다.

정해진 대로 반드시 해야 한다는 강박관념을 갖지 말자. 강박관념이 생기면 오히려 정해진 대로 가는 것을 방해할 수도 있다. 한 치의 오차도 허용하지 않는 강박관념이 강해지면 약간의 실수나 변수만으로도 포기하고 싶은 마음이 들 수 있기 때문이다.

어떤 일을 하고 있든 나에 대해 좀 더 너그럽고 관대한 마음을 갖자. 아무 계획도 없는 것보다는 계획을 짰다는 것 자체가 훌륭한 일이고, 계획만 세운 것보다는 계획을 지키려고 노력했다는 것 자체가 대단한 일이다. 어떤 일이든 포기하지 않고 내가 정한 방향으로 가고 있다면 그것으로 충분하다.

## ♀ 행복의 지름길

　다니던 회사가 갑자기 부도가 나거나, 가족 중에 누군가 갑자기 큰 병에 걸리면 무척이나 당황스럽고 머리가 복잡해진다. 이런 일은 내가 자초한 일도 아니고, 미리 막을 수도 없었던 일이다.

　그런데 어떤 사람은 그런 일조차도 미리 다 완벽하게 대비하려고 한다. 회사가 어렵다는 징조도 없는데 회사가 어려워질 수도 있으니 미리 다른 회사를 알아보는 사람도 있고, 가족이 모두 건강한데 누군가 갑자기 아플 수도 있다면서 보험을 잔뜩 들어놓는 사람도 있다.

　물론 자기 개발을 위해 지금보다 좋은 조건의 회사로 이직을 준비하는 것은 좋은 일이다. 하지만 이직할 마음도 없고, 자신의 발전을 위한 노력도 하지 않은 채로 자신이 다니는 회사가 잘못되지나 않을지 걱정만 하면서 힘들게 회사를 다니는 것은 어리석은 일이다.

또 가족들이 혹시나 아플지도 모를 상황을 대비하여 보험을 드는 것도 좋은 일이다. 하지만 미리 대비를 한답시고 수입의 30% 이상을 보험에 들고 있다면 그 또한 어리석은 행동이다. 보험이란 최소한의 비용으로 만약에 생길지도 최악의 상황을 대비하는 것이지 최대한의 비용으로 인생의 모든 리스크를 막아 내는 방책이 아니기 때문이다.

인생이 복잡해지고 골치가 아파 오는 것은 대부분, 생각지도 못했던 사건이나 사고 때문이 아니라 그냥 지나칠 만한 일조차 너무 깊게 파고들기 때문인 경우가 많다.

이미 일어나 버려 어찌할 수 없는 일인데 해결책을 고민하기는커녕 그런 일이 왜 자신에게 일어났는지 원인에만 몰입하며 괴로움에 빠져 사는 사람도 있고, 아직 일어날지 말지 알 수 없는 일인데 안 좋은 일이 생길까 봐 늘 전전긍긍하며 사는 사람도 있다. 그런 사람들에게 인생은 고난과 괴로움의 연속일 뿐이다.

그냥 지나칠 만한 일조차 너무 깊게 파고들어 해결하려 달려들면 없던 문제도 생겨나고 인생이 복잡해진다. 이미 일어나 버려 어찌할 수 없는 일이나 아직 일어날지 말지 알 수 없는 일에는 관심을 끊자. 현재의 사건에 집중하고 나머지는 가볍게 넘기는 것이 행복의 지름길이다.

# ♀ 마지막에 대한 생각

특별히 큰 사건이 일어나지 않는 한 우리는 대부분 비슷비슷한 날들을 보낸다. 그래서 내일도 오늘처럼 비슷한 시간에 일어나, 비슷한 사람을 만날 것이고, 비슷한 얘기를 나눌 것이며, 비슷한 일들을 처리할 것이라 생각한다.

그렇게 비슷한 날들이 반복되다 보면 일상이 지루해지고 감흥이 떨어져서, 일에 대한 능률도 저하되고 사람을 대하는 태도도 가벼워진다. 심하면 무기력증이 찾아올 수도 있다.

그렇게 매너리즘과 무기력증이 내 삶에 젖어든다면, 삶에서 벌어지는 모든 일에는 마지막이 있으며 그날이 언제일지는 아무도 모른다는 사실을 떠올려 보자.

당신보다 소중한 사람은 없습니다

때로는 우리에게 오늘과 다른 내일이 찾아와, 만나리라 생각했던 그 사람을 영영 만나지 못할 수도 있고, 그 사람과 나누리라 생각했던 그 얘기를 영원히 나누지 못할 수도 있다. 또 나에게 어쩔 수 없는 사정이 생기거나 좋지 못한 상황이 발생하여 지금 하고 있는 일을 다시는 하지 못하게 될 수도 있다.

그런 상황이 일어날 확률이 크지는 않겠지만, 언제가 됐든 그런 일은 반드시 생길 것이고, 그때가 언제인지는 아무도 모른다. 만약 그날이 내일이라면 지금 내 앞에 있는 상대에게 건네는 말이 그에게 건네는 마지막 말이 될 것이고, 지금 내가 지루하다고 생각하며 했던 그 일이 내가 인생에서 해낼 수 있는 마지막 일이 될 것이다.

누군가를 만나거나 어떤 일을 하고 있는 것이 권태롭고 지겨워진다면, 이렇게 갑작스러운 마지막을 상상해 보자. 그때 상대에 대한 우리의 태도는 보다 진지해질 수 있고, 일에 대한 우리는 자세는 보다 창의적이 될 수 있다.

## ♀ 외로움에 대하여

영국 BBC 방송국이 전 세계인을 대상으로 외로움에 대한 설문 조사를 진행한 적이 있다. 그 조사에서 의외의 결과가 나왔다. 나이 든 노인보다 젊은 사람들이 더 외로움을 느낀다고 답한 것이다. 75세 이상 노인은 27%만이 자주 외로움을 느낀다고 대답한 데 반해, 16~24세의 젊은이들은 무려 40%나 자주 외롭다고 답했다.

왜 나이가 들어 혼자 있는 시간이 많은 노인들보다 친구들과 한창 어울려 지내는 시간이 많은 젊은이들이 오히려 더 외로움을 타는 것일까?

연구에 따르면, 젊은 사람들이 역설적으로 더 외로운 이유는 이 시기가 변화가 많은, 활동적인 시기이기 때문이다. 학교에 다니면서 새로운 친구들과 사귀어야 하고, 연애를 하면서 만남과 헤어짐도 많이 경험한다. 사회에 적응하기 위해 공부도 해야 하고, 또래에 뒤처지지 않기 위해 이런저런 취미 활동도 해야 한다. 또 친구를 잃지 않기 위해서는 최신 유행도 배워야 하며 드라마나 연예 프로그램도 챙겨봐야 한다. 할 게 많아도 너무 많은 시기인 것이다.

해야 할 것이 많은 사람일수록 자신을 돌볼 시간이 부족해진다. 나이가 들면 자신을 위해 쓸 수 있는 시간이 많아지기 때문에 오히려 혼자 있는 시간이 늘어나더라도 외로움을 덜 탈 수 있지만, 바쁘게 살아야 하는 젊은 시절에는 자신을 돌볼 시간이 없어서 잠깐만 혼자 있어도 외롭다는 생각이 드는 것이다.

하지만 그렇다고 외로움이 꼭 나쁜 것만은 아니다. 외롭다는 생각이 심해져서 우울증으로 발전하지만 않는다면, 가끔씩 찾아오는 외로움은 자기 자신에게 더 섬세한 관심을 기울이도록 만들어 주기 때문이다. 사람들과 함께 어울리기 위해 지나치게 자신을 버려둔 것은 아닌지 돌아보게 만드는 것이다.

따라서 언뜻 생각하기엔 부정적인 감정인듯 보이는 외로움은, 사실 좋은 감정도 나쁜 감정도 아니다. 심리학적으로 보자면 외로움이란 자기 자신과 주변을 돌봐달라고 내가 나에게 보내는 신호다.

　　세상을 혼자서 살아갈 수는 없다. 하지만 사람들에게 너무 부대끼다 보면 혼자가 편해지기도 한다. 외로움이라는 감정은 그 둘 사이에서 생겨난다. 너무 사람에 치여 살거나, 너무 고립되어 혼자 있는 시간이 길어질 때, 인간관계의 균형을 맞추기 위해 외로움을 느끼게 되는 것이다.

당신보다 소중한 사람은 없습니다

## ♀ 인생이 잘 풀리지 않을 때

인생이 생각대로 풀리지 않고 뭔가 꼬여 있는 것 같은 느낌이 들 때는 다음과 같은 몇 가지 사항들을 점검해 볼 필요가 있다.

먼저 인간관계다. 인생이 잘 풀리지 않는 원인 가운데 반 이상은 인간관계가 차지한다. 사람만큼 사람을 괴롭히는 문제는 없을 것이다. 때문에 뭔가 일이 잘 풀리지 않는 것 같다면 내 주변 관계를 정리할 필요가 있다.

어쩌면 일이 잘 풀리지 않는다는 것은 인간관계를 정리하라는 신호일지도 모른다. 불필요하고 쓸데없는 인간관계만 정리해도 삶은 한결 단순해지기 때문이다. 인간관계를 정리하고 나면 불필요한 감정 소모가 사라져서, 내가 해야하는 일에 더 집중할 수 있게 된다.

두 번째, 내가 지금 하는 걱정이 정말로 필요한 걱정인지 생각해 봐야 한다. 우리가 하는 걱정의 90%는 불필요한 걱정이다. 그럼 내 걱정이 필요한 걱정인지 불필요한 걱정인지 어떻게 가늠할 수 있을까?

기준은 '내가 해결할 수 있는 문제인가, 해결할 수 없는 문제인가'이다. 내가 해결할 수 있는 걱정이라면 필요한 걱정이지만, 해결할 수 없는 걱정이라면 불필요한 걱정이다. 해결할 수도 없는 문제를 가지고 전전긍긍하는 것만큼 어리석은 일은 없다. 그런 일은 그냥 운명에 맡겨야 한다.

세 번째, 삶에 대한 나의 태도를 점검해 봐야 한다. 생각대로 일이 풀리지 않을 때 사람들은 긍정적이기보다 부정적인 태도를 취하기 쉽다. 일이 잘못될까 봐 불안해지고 두려움이 생기기 때문이다.

하지만 불안과 두려움은 일을 헤쳐나가는 데 장애물이 될 뿐이다. 일이 잘되든 못되든 항상 긍정적인 태도를 가지는 것이 중요하다. 긍정적인 태도를 갖는다고 모든 일이 잘되는 것은 아니지만, 적어도 불안과 두려움이라는 불필요한

당신보다 소중한 사람은 없습니다

장애물은 제거할 수 있기 때문이다.

　마지막으로 감사하는 마음을 가져야 한다. 일이 잘 풀리지 않을 때는 세상에 대한 불만과 불평이 생기기 쉽다. 하지만 그럴 때일수록 오히려 감사하는 마음을 갖자. 무언가에 대해, 누군가에 대해 감사하는 마음을 갖게 되면 세상에 대한 미움이나 원망이 사라지고 다시 시작할 수 있다는 용기가 생긴다.

　감사할 일이 생겼을 때 감사하는 것은 누구나 할 수 있다. 진정한 감사는 일상의 사소한 것들에도 항상 감사하면서 감사를 생활화하는 것이다. 사소한 감사의 생활화를 통해 우리는 아무리 큰 어려움이 닥쳐도 긍정적 태도를 잃지 않을 수 있고, 마음의 평정을 유지할 수 있다.

## ♀ 행복은 완벽하지 않은 날 찾아온다

열심히 노력하며 살아가는 사람들에게 그 노력의 이유를 묻는다면, 아마 대부분은 행복해지기 위해서라고 답할 것이다. 부족함 없이 안락한 삶을 살면서, 주위 사람들에게 적당히 베풀며 살아가는 삶. 이것이 많은 사람이 꿈꾸는 공통된 미래일 것이다.

그래서 우리는 늘 잘 살기 위해서 애쓴다. 어떻게 하면 시간을 효율적으로 활용할까 궁리하고, 아무것도 하지 않고 주말을 보내고 나서는 자책감에 시달린다.

하지만 사실 진짜 행복은 우리 삶의 허술한 틈을 통해서 스며든다. 아무 일도 하지 않고 멍때리는 순간, 생각 없이 훌쩍 여행을 떠난 어느 날, 이유 없이 연차를 내고 늦잠을 자는 평일 아침, 좋아하는 친구들과 함께 술을 마시고 첫

당신보다 소중한 사람은 없습니다

차를 기다리며 거리를 배회하던 새벽. 언뜻 보면 무의미하고 아무런 가치가 없어 보이는 이런 순간들에 사실 행복은 숨어 있다.

삶을 빈틈없이 빡빡하고 알차게 보낸다면, 성취감이 따라올 수 는 있을 것이다. 하지만 그런 삶 속에 행복이 스며들 여유는 존재하지 않는다.

그러니, 행복한 삶을 위해서 너무 자신을 몰아세우지 말자. 자신을 옥죄고 채찍질하기보다는 삶에 숨 쉴 여유를 만들어 주자.

행복은 그 여유 속에서 비로소 잔잔하게 피어날 것이다.

## ⚲ 오늘도 걱정을 대출한 당신에게

일어나지도 않은 일로 미리 스트레스를 받는 것은 미래에 할 걱정을 대출받는 것과 다름없다. 적어도 돈을 대출받으면 당장 그 돈을 유용하게 사용할 수 있지만, 대출받은 걱정은 아무런 쓸모가 없다.

돈과 마찬가지로 걱정 대출에도 이자가 쌓인다. 걱정은 우리가 끌어안고 있는 동안 제멋대로 불어나, 처음엔 사소하게 여겼던 일이 나중에는 인생을 망가뜨릴 큰 사건으로 변하게 되어 버리기도 한다.

걱정은 우리를 심적으로 고통스럽게 만들고, 잠들지 못하게 하며, 지금 해야 하는 일도 제대로 처리하지 못하게 만든다. 아무런 소득 없이 손해만 잔뜩 감당해야 하는 것이다.

당신보다 소중한 사람은 없습니다

지금까지 해 온 걱정들을 돌아보면, 대부분 아무것도 아닌 일로 지나가 버린 경우가 대다수였을 것이다. 인간관계가 완전히 망가질 것만 같았던 실수도, 인생을 무너뜨릴 것만 같았던 실패도, 막상 닥치고 보면 별것 아닌 일로 그냥 스쳐 가 버린다.

그러니, 미래에 걱정할 일은 미래의 것으로 남겨 두자. 정말로 그 일이 현실로 벌어졌을 때, 그때 고민하고 해결해도 절대 늦지 않다. 그보다 우리가 신경 써야 하는 것은 지금 당장 우리 앞에 놓인 과제들이다. 오늘 하루를 살아가기도 벅찬 우리에게, 미래의 걱정을 대출받아 이자까지 갚아 나가는 일은 너무나도 힘겹지 않을까.

## ♀ 타인의 평가에 휘둘리지 마라

　전문가들은 함부로 다른 사람을 평가하지 않는다. 그 일을 이뤄내기가 얼마나 힘들고 어려운지 잘 알고 있기 때문이다. 자신의 의견을 조심스럽게 제시할 순 있지만, 결코 그게 정답이라고 말하지도, 그렇게 해야만 한다고 강요하지도 않는다.

　하지만 잘 모르는 사람일수록 다른 사람의 평가에 진심이다. 마치 아무것도 아닌 일처럼, 자기라면 손쉽게 할 수 있는 일인 것 마냥 무시하고 얕잡아 본다.

　당신이 하는 대부분의 일은, 도전하고 완성했다는 것만으로도 칭찬받아 마땅하다. 그보다 더 나아지는 것, 그리고 더 멋진 결과물을 내는 것은 나중의 일이다.

　　　　　　당신보다 소중한 사람은 없습니다

만약 누군가가 당신이 한 어떤 일을 보고 자꾸만 지적하고 간섭한다면, 이렇게 생각하자.

　　'쟤는 아무것도 모르는구나.'

　　쓸데없이 남을 지적하는 사람들은 자신의 깊이 없음을 스스로 드러내고 있는 것일 뿐이다. 그런 사람들의 말에 귀 기울이고 스스로를 자책할 필요는 없다.

## ♀ 지쳤다면 그만두지 말고 쉬어라

아무리 좋아하는 일이라도 지치고 힘들 때가 있다. 그럴 때 우리는 순간적으로 일을 그만두고 싶어진다. 하지만 지쳤을 때 당신이 선택해야 하는 것은 그만두는 게 아니라 쉬는 것이다.

모든 일들이 마찬가지다. 다이어트를 마음먹은 당신이 도저히 참지 못하고 고칼로리의 음식을 먹었을 때, 그건 다이어트에 실패한 게 아니라 하루 쉬어가는 것이라 생각해야 한다.

그만두는 건 마침표를 의미하지만, 쉬어가는 것은 쉼표를 의미한다. 언제고 다시 시작할 수 있으며, 그렇게 다시 시작한 위치는 결코 제로가 아니다. 이전보다 앞선 출발지에서 시작할 수 있는 것이다.

당신보다 소중한 사람은 없습니다

우리는 그런 생각은 하지 못하고, 계속하거나, 그만두거나의 두 가지 선택지 중에서 결정을 하려고 한다. 그러니 그만두지 않고 쉬어가며 했더라면 결국 이루었을 일을 이뤄내지 못하고, 늘 같은 자리에 머무르고만 있는 것이다.

우리가 잘 알고 있는 토끼와 거북이 우화에서 중요한 것은, 끊임없이 쉬지 않고 노력해서 결승선에 도착한 거북이의 집념이 아니다. 중간에 잠들어 이미 늦었다는 것을 알았지만, 그래도 결승선까지 달려간 토끼의 태도다. 졌으면 어떤가. 우리의 삶은 1, 2위를 다투는 경쟁이 아니라 결국 결승선에 도착하느냐 마느냐의 싸움이다.

그러니 쉽게 포기하지 말고, 그만두지 말자. 그리고 무리하면서까지 계속해서 앞으로 나아가려고 애쓰지도 말자. 쉬어가도 괜찮다. 잠시 잠들어도 좋다. 다시 훌훌 털어 내고 앞으로 나아갈 수만 있다면, 그걸로 충분하다.

## ✐ 가장 아름다운 관계

평생 가는 인간관계가 과연 얼마나 될까? 피를 나눈 사이가 아니라 집 밖에서 만난 사람이라면 죽는 날까지 함께할 수 있을 확률은 0.1%도 되지 않는다.

인생에서 인연이란 매우 우연적이다. 내가 원해서 만나는 것이 아니라 어쩌다 보니 만나게 된 사람이 대부분이라는 뜻이다. 어쩌다 보니 학교의 같은 반에서 만난 사람이고, 어쩌다 보니 입사한 직장에서 만난 사람이고, 어쩌다 보니 같은 동호회에서 만난 사람이다.

그 사람에 대한 아무런 정보도 없이 만나 친해진다는 것은 결코 쉬운 일이 아니다. 하지만 인간의 취향과 선입견은 매우 강력해서, 우리는 그 사람이 나와 성격이 비슷하다는 이유로, 나와 성장 환경이 비슷하다는 이유로, 나와 정치 성향이 비슷하다는 이유로 금세 친해지곤 한다.

하지만 금방 친해진 사이는 그만큼 금방 멀어질 확률도 높다. 친해졌다는 것은 한편으론 상대에 대한 기대치가 높아졌다는 의미이기도 하기 때문이다.

상대에 대한 충분한 정보가 없는 상태로 친해진 관계라면, 내가 달가워하지 않는 상대의 모습이 불쑥 튀어나올 때마다 실망감이 커질 수밖에 없다. 친한 사이가 아니라면 그렇게 실망하지도 않을 일인데, 친해졌기 때문에 실망감도 커지는 것이다.

인생이라는 길은 궁극적으로 외롭고 힘든 길이기 때문에 누구나 함께할 수 있고 의지할 수 있는 관계를 찾기 마련이다. 낯선 길을 혼자서 가는 것보다는 둘이 함께 가는 것이 훨씬 덜 무섭고, 용기도 생기고, 즐겁기 때문이다.

하지만 우리는 함께 길을 가는 사람이 정확히 누구인지 알지 못한다. 그냥 혼자서 '이러이러한 사람'일 것이라고 추측할 뿐이다. 그리고 그 추측이 틀릴 확률은 생각보다 높다.

응당 내 편이라고 생각했던 사람이 내가 힘들 땐 발길을 돌리기도 하고, 기대도 안 했던 사람이 갑자기 고마운 도움의 손길을 내밀기도 한다.

간도 쓸개도 내어 줄 것처럼 평생을 같이하자던 사람이 한순간에 돌아서기도 하고, 웬수처럼 으르렁거렸던 사람이 어느 날 친한 친구가 돼 있기도 한다.

인간관계라는 것이 그런 것이다. 인간관계에서는 알고 지낸 세월의 길이가 중요한 게 아니라 서로를 진정으로 이해해 주는 것이 훨씬 더 중요하다. 내가 아무리 좋아해도 떠날 사람은 떠나게 돼 있고, 내가 아무리 관심 없어 해도 남을 사람은 남게 돼 있다.

그러니 누군가에게 맞춰 살기 위해 너무 노력할 필요는 없다. 그 사람이 마음에 들어서, 그와 계속 함께하고 싶은 마음에 그에게 나를 맞추다 보면 결국 내 삶은 사라지고 원망만 남게 된다. 그보다는 있는 그대로의 나를 보여주면서 나에게 맞는 인연을 찾는 것이 훨씬 더 현명하다.

당신보다 소중한 사람은 없습니다

인간관계에 너무 집착하여 애써 둥글게 살려고 노력하지 말자. 자신의 있는 모습 그대로 살아갈 때, 그 모습을 아껴 주는 사람을 만날 때, 관계는 가장 아름다울 수 있다.

# ♀ 지금 충분히 행복할 것

살다 보면 정말 힘들고 절실한 순간을 맞이하게 된다. 하늘에서 행운이 뚝 떨어지길 간절히 기도하지만, 야속하게도 행운은 이런 순간을 그냥 지나쳐 버리는 경우가 많다.

오히려 행운은 그 시기가 다 지나고, 더 이상 불안하지도 괴롭지도 않을 때 슬며시 찾아온다. 사실 이런 현상이 일어나는 이유는 아주 분명하다. 당신이 불행할 땐, 자신에게 찾아온 행운을 행운이라고 생각지 않기 때문이다.

힘들고 괴로울 때는 삶을 뒤바꿀 정도의 커다란 행운이 찾아와야 비로소 행복을 느끼지만, 마음이 편안할 때는 길을 걷다 마주친 고양이가 곁에 다가와 인사하는 것만으로도 행운이고 행복이라고 느낀다.

그러니 지금 당신 곁에 행운이 찾아오지 않는다는 생각
이 든다면, 스스로 힘들고 괴로운 일에 너무 파묻혀 있는 것
은 아닌지 돌아볼 필요가 있다.

　　사실 우리 주변엔 즐겁고 행복한 일들이 가득하다. 다만
당신이 그것을 알아차릴 마음의 준비가 되어 있지 않을 뿐
이다. 그러니 지금 매여 있는 일에 너무 골몰하지도 괴로워
하지도 말자. 때로는 모든 것을 훌훌 털어 잊어버리고, 당신
의 곁에 머무는 행복을 잠시 찾아보자.

## ♀ 게으르다는 건 생각이 많다는 뜻

늘 활기차고 추진력도 강하며 부지런하게 살아가는 사람들이 있다. 사람도 많이 만나고, 자기계발도 열심이며, 약간의 시간도 허투루 낭비하는 것 같지 않다.

반면 스스로를 돌아보면, 집에 돌아와 늘어져 있기 바쁘다. 해야겠다고 계획한 일은 산더미 같지만, 시간이 지나면 할 일의 리스트만 더욱 쌓일 뿐 결국 실행에 옮기는 것은 없을 것이다.

한 주가 시작할 때마다, 계절이 바뀔 때마다, 새해를 맞이할 때마다 이번엔 달라지리라 마음을 먹지만 사실상 바뀌는 것은 아무것도 없다.

이런 차이는 어디에서 비롯되는 것일까? 타고난 성실

당신보다 소중한 사람은 없습니다

함? 체력? 아니면 성격이 문제가 되는 것일까? 사실 부지런한 사람과 게으른 사람의 가장 큰 차이점은 바로 생각을 하느냐, 하지 않느냐에서 갈린다고 한다.

우리의 뇌는 생각하는 데 굉장히 많은 에너지를 소모한다. 작은 고민으로도 뇌는 지쳐 버리기 때문에, 생각이 길어질수록 우리의 뇌는 조금 더 편한 방향으로 우리를 이끌려고 한다.

한번 기억을 더듬어 보자. 반드시 운동을 해야겠다고 마음을 먹었던 날, 시간이 지날수록 머릿속에서 점점 다양한 생각들이 움텄던 경험이 있을 것이다.

'배가 고픈데 밥을 먹고 갈까?', '지금 운동 가면 힘이 없어서 제대로 움직이지 못할 것 같아'. '꼭 오늘 가야 하나?', '오늘은 피곤한데 내일 가는 건 어떨까?'

생각이 깊어질수록 운동을 해야 할 이유보다 하지 않아도 될 이유가 속속들이 떠오를 것이다. 바로 우리의 뇌가 동작하는 방식 때문이다.

그래서 무언가를 해야겠다고 마음을 먹었다면, 생각하지 않는 것이 중요하다. 생각하지 않고 그냥 하도록 만드는 것. 이것은 자기계발에만 국한되지 않는다.

만약 우리가 저금을 해야겠다고 다짐했다고 치자. 많은 사람들이 아껴 쓰고 남은 돈을 저금해야겠다고 생각하거나, 혹은 매월 정해진 날에 입금을 해야겠다고 생각할 것이다. 하지만 그런 계획은 실패로 돌아갈 확률이 높다.

왜냐하면 우리의 뇌는 생각할 시간이 주어지면 '당장 이번 달에 돈을 써야 하는 곳이 있는데', '이번 한 달 정도는 저금하지 않아도 괜찮지 않을까?' 등 갖가지 방법으로 본능을 따르도록 종용할 것이기 때문이다.

우리의 뇌는 먼 미래에 우리가 더 나아지길 바라지 않는다. 지금 당장 행복하기를 그 누구보다 바라고 있다. 그렇기에, 우리의 본능을 거스르기 위해서는 생각 없이 자동으로 이루어지는 시스템을 만들어야만 한다.

돈을 모으고 싶다면 자동이체를 걸어 두자. 영어 공부를 해야 한다면 정해진 시간에 고민 없이 시작하는 루틴을 만들자.

인생의 전략을 조금 수정하는 것만으로도, 우리는 지금까지 온갖 이유를 대며 미뤄왔던 수많은 일들을 당장 실행에 옮길 수 있게 될 것이다.

## ♀ 기대하지 않으면
감사할 일만 쌓인다

　　인간관계를 망치는 중요한 감정 중에 하나는 바로 '서운함'이다. 누군가에게 서운함을 느끼는 순간 우리는 그동안 상대에게 해 주었던 배려를 하나하나를 곱씹어 생각하게 되고, 내가 그에게 이 정도밖에 안 되는 사람이었냐며 자괴감까지 느끼게 된다.

　　서운함을 계속 끌어안고 있으면 상대방과 계속해서 거리감이 생기고, 그렇다고 서운한 감정을 표현해 버리면 쪼잔한 사람이 되어 버리기 쉬우니, 애초에 누군가에게 서운함을 느끼지 않는 마음가짐을 가지고 있는 게 중요하다.

　　그 방법 중 가장 좋은 것은 바로 기대하지 않는 것이다. 기대하지 않으면 서운할 일도 없고, 기대하지도 않은 배려

당신보다 소중한 사람은 없습니다

를 받으면 감사함만 쌓이게 된다. 누군가에게 기대한다는 것은 자기 자신에게도 그리 좋지 않은 행동이다. 왜냐하면 기대란 누군가에게 의지하고 싶지만, 그것을 표현하지는 못하는 상태에서 비롯되는 것이기 때문이다.

주체적으로 행동하지 않으면서 다른 사람의 배려를 갈구하며, 상대방이 나의 마음을 헤아려주길 바라는 그런 마음은 결국 인간관계에도, 자기 자신에게도 독이 될 뿐이다.

만약 원하는 것이 있다면 기대하지 말고 분명하게 표현하자. 그리고 굳이 표현할 필요는 없을 정도로 사소한 일이라면, 애초에 기대하질 말자. 그런 마음가짐으로 주위 사람들을 대하다 보면 그동안 날 힘들게 했던 사람들에게조차 의외의 따뜻함을 발견하게 될지도 모른다.

3장.

그냥,
당신이 잘됐으면 좋겠다

## ⚲ 폭죽이 아닌 모닥불처럼

직장에서든 모임에서든 두각을 나타내는 사람이 있다. 그는 주변 사람들의 칭찬과 인정을 받고 이리저리 불려다니며 부러움의 대상이 된다. 다수의 총애를 독차지한 그 사람은 탁월한 성과를 내며 승승장구하지만, 아이러니하게도 그 시절이 오래가지는 못한다.

이유는 단순하다. 그가 멋진 모습으로 훌륭한 능력을 보여주면서 주변 사람들의 찬사를 받을 때마다 그에 대한 기대치가 높아지는 것은 물론, 질투와 시기 또한 늘어나기 때문이다. 하지만 사람이 모든 일을 계속 잘할 수는 없기 때문에 그의 능력이 사람들의 기대치에 미치지 못하는 순간, 그를 질투하고 시기했던 사람들의 먹잇감이 되기가 쉽다.

누군가 나의 능력을 인정해 주고 칭찬해 주는 것은 기분

좋은 일이다. 하지만 그 인정과 칭찬의 주체가 나의 동료인
동시에 경쟁자이기도 하다면 다시 한번 생각해 봐야 한다.
내 능력을 단시간에 한껏 펼치는 것이 과연 나에게 득이 되
는 일인지.

주변 사람들로부터 인정을 받고 싶고, 칭찬을 듣고 싶
어 하는 것은 인지상정이다. 하지만 단시간에 너무 많은 능
력을 보여주면 기대치도 그만큼 상승하고, 기대치에 미치지
못하는 순간 사람들은 또 다른 대안을 찾게 된다.

물론 그렇다고 내가 가진 능력을 보여주지 말라는 뜻은
아니다. 능력이 없다고 낙인이 찍히는 것보다는 능력이 좋
다고 인정받는 것이 분명 나에게 득이 된다. 다만 그 능력을
펼쳐 보이는 데 속도 조절이 필요하다는 뜻이다.

불꽃놀이에 쓰는 폭죽은 매우 멋지고 화려하지만 순식
간에 사라지고 만다. 활활 타오르기까지는 시간이 좀 걸리
지만 아침이 오기까지 꺼지지 않는 모닥불처럼 살아가는 것
이, 긴 인생에서는 더 현명한 자세다.

## ♀ 예상치 못한 상황에 대처하는 법

세상에 평탄한 삶이란 존재하지 않는다. 아무리 돈이 많아도, 아무리 지위가 높아도 골치 아프게 만드는 크고 작은 사건들이 끊이지 않는다. 세상은 나 혼자 사는 것이 아니기 때문에, 아무리 조심한다고 해도 주변 사람들로 인해 예상치 못한 사건이 생기기 마련이다.

내가 아무리 운전을 조심해서 한다고 해도 다른 차가 와서 내 차를 받으면 어쩔 수 없는 일이고, 내가 아무리 열심히 돈을 모은다고 해도 가족이 나 몰래 그 돈을 엄한 데 써버리면 그 또한 어찌할 수 없다.

내가 아무리 열심히 일해도 같이 일하는 동료가 실수를 해서 일을 그르친다면 그 또한 어찌할 수 없는 일이고, 내가 아무리 건강을 위해 열심히 운동해도 유전적 요인으로 갑작

당신보다 소중한 사람은 없습니다

스레 병이 생기면 그 또한 어찌할 수 없는 일이다.

내가 어찌 할 수 있는 일이라면 미리 조심하고 사전에 대비해서 안 좋은 일이 생기는 것을 예방할 수 있다. 하지만 그렇게 대비하고 막을 수 있는 일은 인생에서 그렇게 많지가 않다.

그러니 안 좋은 일이 생기지 않기를 바라는 것보다는 안 좋은 일이 생겼을 때 어떻게 처신하는 것이 좋을지를 미리 생각해 두는 것이 더 낫다.

안 좋은 일이 생긴다면 먼저 그 일의 원인을 따지기보다는 어떻게 수습할지부터 생각하자. 누구의 잘못인지 먼저 따지기 시작하면 해결할 수 있었던 시간이 지체되고, 오히려 일이 더 악화될 수 있기 때문이다.

일단 일을 수습한 다음에 원인을 찾아보자. 그런데 막상 원인을 찾아보면 누구의 탓도 아니거나 어느 누구의 일방적 탓이라기엔 모호한 경우가 많을 것이다.

예를 들어 아내나 남편이 상대방 몰래 주식에 투자를 해서 돈을 날렸다고 해 보자. 그런데 부부 중의 한 명이 자기 혼자 잘 살자고 투자를 하는 경우는 거의 없다. 차마 상대에게 말은 하지 못했지만 급하게 돈 들어갈 일이 있어서 그랬을 수도 있고, 가족을 위해 돈을 더 빨리 벌고자 하는 욕심에 그랬을 수도 있다.

그때 상대방을 너무 몰아붙이는 것은 좋은 생각이 아니다. 이미 벌어진 일이고 잘못을 따진다고 되찾을 수 있는 돈도 아니기 때문이다. 돈을 잃은 사람의 심정은 오죽하겠는가? 당사자가 잘못을 인정한다면 더 이상 따지지 말고 수업료를 치렀다 생각하여 넘어가 주는 것이 좋다.

그렇다면 누군가의 잘못이 확실할 때는 그에게 책임을 분명하게 묻는 것이 좋을까? 그때도 마찬가지다. 결과를 되돌릴 수 없다면 굳이 엄하게 책임을 묻지 말자. 되돌릴 수 없는 일이라면 상대를 몰아붙이는 것보다는 어떻게 하면 앞으로 서로 함께 잘 살 수 있을지를 궁리하는 게 낫다.

인생은 예기치 못한 일의 연속이다. 그 일은 좋은 일일 수도 있고 안 좋은 일일 수도 있다. 좋은 일은 즐기면 그만이고, 안 좋은 일은 '그럴 수 있지' 하고 넘겨 버리는 것이 마음 편하다. 이미 벌어져서 되돌릴 수 없는 일을 가지고 물고 늘어지는 것은 스스로를 불행에 빠트리는 지름길이다.

# ♀ 선택이 힘든 이유

 선택을 해야 하는 상황에서 유독 힘들어하는 사람들이 있다. 이들은 선택이 어려워서 1차 스트레스, 우유부단하다는 소리를 들어서 2차 스트레스를 받는다.

 선택이 어려운 첫 번째 이유는 타인을 의식하기 때문이다. 회사에서 동료들과 함께 식사를 하러 갈 때 뭘 먹고 싶냐고 물어보면, 자신이 먹고 싶은 걸 말하지 못하고 상대방의 눈치를 보는 사람들이 그런 경우다.

 하지만 잘 생각해 보면 우리들 대부분이 그런 식으로 살아왔다. 가야 할 학교를 정할 때도, 취업할 회사를 고를 때도, 연애할 사람을 택할 때도, 스스로 정하는 것 같지만 무의식중에 부모나 친구 등 가까운 주변 사람의 시선을 의식하면서 선택해 왔다. 주변 사람을 의식하는 정도가 커지면 커질수록 결정은 더 어려웠을 것이다.

선택이 어려운 두 번째 이유는 포기해야 할 것에 대한 미련 때문이다. 무엇인가를 선택한다는 것은 다른 말로 하자면 무엇인가를 포기한다는 것이다. 다시 식사를 예로 들어 보자.

딱 한 가지 음식만을 좋아하는 사람은 없다. 점심식사로 김치찌개도 먹고 싶고 불고기백반도 먹고 싶을 때가 있다. 이럴 때 어느 한쪽을 선택할 경우 혹시나 포기한 다른 한쪽이 더 좋으면 어쩌지 하는 걱정이 든다. 즉 혹시나 자신이 포기한 것이 자신이 선택한 것보다 더 좋을지도 모른다는 생각이 선택을 어렵게 만드는 것이다.

이런 우유부단함이 당신의 삶을 괴롭게 하고, 이것을 하루빨리 극복하고 싶다면 먼저 자기 자신을 믿어 주는 태도를 갖춰야 한다. 선택이 망설여지는 것은 자신에 대한 믿음 부족 때문이다. 자신을 믿지 못하니 자신의 선택에도 확신이 없고, 결국 타인의 눈치를 보며 타인의 평가에 의지하게 되는 것이다.

물론 스스로에 대한 신뢰가 당신을 늘 좋은 선택으로 이끄는 것은 아니다. 자기 신뢰와 좋은 결과는 아무런 상관이 없다. 자신을 믿는다는 것은 선택의 결과가 어떠하느냐와 상관없이 스스로의 결정에 대해 책임을 진다는 의미다.

선택을 타인에게 떠넘기려고 하는 마음의 이면에는 결과에 대해 책임을 지고 싶어 하지 않는 심리가 숨어 있다. 스스로를 믿지 못하니 책임지기도 싫은 것이다. 자기 자신을 믿고, 선택의 결과에 기꺼이 책임을 지겠다고 결심하면 선택이 어려울 이유는 전혀 없다.

두 번째 자세는 "다시 선택할 수 있다"는 배짱을 갖는 것이다. 그 누구도 항상 옳은 선택이나 좋은 선택만 하며 살지는 않는다. 확률적으로 우리가 하는 선택의 절반은 좋을 것이고 절반은 안 좋을 것이다.

그런데 생각해 보자. 안 좋은 선택을 했다고 인생이 잘못되는 것은 아니다. 인생은 생각보다 길어서 안 좋은 것을 극복할 시간이 충분하다. 게다가 전화위복이라는 말이 있듯이, 오히려 안 좋은 선택이 나중에 좋은 선택으로 뒤바뀌는

당신보다 소중한 사람은 없습니다

경우도 많다. 때문에 어떤 선택의 결과에 지나치게 집착할
필요가 없다.

진학할 학교를 잘못 정했다면 다른 학교를 다시 선택하
면 되고, 취업할 회사를 잘못 골랐다면 다른 회사에 다시 입
사하면 되고, 연애할 상대를 잘못 택했다면 다른 상대를 다
시 고르면 된다. 물론 다시 선택을 하는 것이 번거롭고 힘든
일일 수 있겠지만, 잘못된 선택을 그대로 참아가며 살아가
는 것보다는 훨씬 낫다.

뭐든 지나친 것은 모자란 것만 못하다. 처음부터 좋은
선택을 해야 한다는 강박에 빠지지 말자. 그보다는 내가 선
택한 것을 더 좋게 만들기 위해 좀 더 노력하자. 포기한 것
에 미련을 두지 말고, 다시 선택할 수 있다는 배짱을 갖자.
이런 태도를 갖는다면 선택은 조금 더 수월해지고, 어떤 선
택을 하든 후회가 남지 않을 것이다.

## ✑ 운명을 바꾸는 7가지 생각 습관

### ① 인생에서 헛고생이란 없다

열심히 노력했는데도 원하는 결과를 얻지 못하면 헛고생을 한 듯하여 허무한 느낌이 든다. 하지만 인생에서 헛고생이란 없다. 모든 고생은 아직 오지 않은 미래를 위한 밑거름이다. 어떤 고생은 결과를 곧바로 보여주지만, 어떤 고생은 10년, 20년, 30년 뒤에 그 결과를 보여주기도 한다.

### ② 어제의 기분으로 오늘을 살지 마라

세상에서 가장 어리석은 사람은 어제의 기분과 생각으로 오늘을 사는 사람이다. 어제의 기분 나쁜 일, 어제의 기분 나쁜 만남, 어제의 기분 나쁜 운수는 어제로 끝난 일이다. 그 일로 계속 기분이 안 좋다면 그것은 내가 계속 그 일을 생각하며 억지로 붙들고 있기 때문이다. 오늘은 오늘의 나로 살아가자.

당신보다 소중한 사람은 없습니다

### ③ 월급의 10퍼센트는 나를 위해 써라

죽기 전 가장 후회하는 것 중의 하나가 좀 더 나를 위해 살지 못했다는 것이다. 어렵게 번 돈을 쉽게 써 버리는 사람도 있지만, 어렵게 번 돈이기 때문에 쉽게 쓰지 못하는 사람도 있다. 돈을 흥청망청 쓰는 것도 문제지만, 돈을 너무 아끼기만 하고 쓰지 못하는 것도 문제다. 내가 번 돈이라면 그중 최소한 10%는 나를 위해 쓰며 살자.


### ④ 남 탓도 자기 탓도 하지 마라

어떤 일이 잘못되었을 때 남 탓을 하는 사람은 하수다. 자기 탓을 하는 사람은 중수다. 남 탓도 자기 탓도 하지 않는 사람은 고수다. 잘못된 일의 원인을 찾아 제거하는 것도 중요하겠지만, 어떤 일은 그 원인이 불분명할 때도 있다. 그럴 땐 원인을 찾아 헤매는 것보다 새롭게 다시 시작하는 것이 낫다.


### ⑤ 좋은 해결책은 대부분 단순하다

고민을 너무 오래 하다 보면 오히려 무엇이 좋은 것인지 헷갈리게 된다. 어떤 사람과 연애를 할지 말지, 어떤 회사에 취직을 할지 말지 오랜 시간 고민하기보다는, 고민은 적당히 하고 일단 부닥쳐 보는 것이 더 나을 때가 많다. 좋은 해결책은 의심이 갈 정도로 단순하며, 경험만큼 좋은 해결책은 없다. 하지만 단순한 것이 결코 쉬운 것은 아니라는 사실 또한 명심해야 한다.

### ⑥ 인간관계는 무승부일 때가 가장 좋다

좋은 관계를 맺고 싶다면 이기고 지는 것에 집착하지 않아야 한다. 인간관계에서는 이기고 지는 것이 없다. 만약 어느 한쪽이 이긴다면 다른 한쪽은 지는 것이 되는데, 이것은 결과적으로 양쪽 모두를 불편하게 만들 뿐이다. 내가 이겨서 상대를 불편하게 만들기보다는 차라리 무승부를 선택하라. 그것이 양쪽 모두가 만족할 수 있는 길이다.

### ⑦ 행복은 찾는 것이 아니라 느끼는 것이다

행복은 찾아 헤맨다고 찾을 수 있는 것이 아니다. 행복은 주어진 것에서 만나는 것이다. 내가 지금 하고 있는 일, 내가 지금 만나는 사람, 내가 지금 고민하는 것 속에 행복은 깃들어 있다. 그래서 행복한 사람은 곁에 있는 것을 사랑하지만 불행한 사람은 곁에 없는 것만 찾아다닌다.

당신보다 소중한 사람은 없습니다

## ♀ 우리가 싸워야 하는 것

가족에 문제가 생겼을 때, 예를 들어 자녀의 몸이 아프
거나 시댁이나 처가에 예기치 못한 문제가 생겼을 때 잘 지
내던 부부 사이가 갑자기 냉랭해지곤 한다. 남편이나 아내
의 의지와는 무관하게 발생한 일인데 마치 어느 한쪽의 잘
못인 양 책임을 떠넘기기도 하고, 대처하는 방식에서 상대
가 자신의 생각과 다르다고 서운해하기도 한다.

세상에 지고 싶어 하는 사람은 없고 질책받고 싶어 하는
사람도 없기 때문에 누군가를 탓하는 순간 서로가 방어적이
고 공격적이 된다. 언쟁이 시작되면 문제를 해결해야 한다
는 생각은 뒷전으로 밀리고 누구에게 더 문제가 있는지, 어
느 쪽의 생각이 더 옳은지 따지는 것에 더 집중한다.

이는 마치 사거리에서 자동차끼리 작은 접촉 사고가 났

는데 차를 그대로 세워둔 채로 오랫동안 잘잘못을 따지며 큰소리로 싸움을 하는 것과 같다.

자동차 사고가 발생했다면 상대가 어디 다치지는 않았는지 안위부터 살피는 것이 먼저고, 증거 사진과 동영상을 찍은 후에는 길을 통과해야 할 다른 자동차를 위해 차를 최대한 빨리 옮겨 주는 배려도 필요하다. 하지만 당장의 책임을 면하기 위해 상대방의 안위와 주변 사람의 불편함은 무시한 채, 길을 막고 서서 오랜 시간 다투는 사람들이 많다.

나 자신이나 상대방의 의도와는 무관하게 생긴 사고라면 일단 한 발짝 물러나서 바라보는 것이 좋다. 나중에 누군가의 잘못이라고 밝혀질 수도 있겠지만, 당장 중요한 것은 잘못을 밝히는 것이 아니라 사고를 해결하는 것이다.

이런 태도는 어쩌면 인생에서 부닥치는 모든 문제에 필요한 것일지도 모른다. 어떤 문제가 생겼을 때 그 책임 소재를 먼저 찾으려는 사람들이 있다. 하지만 책임 소재를 밝혀 냈다고 해서 발생한 문제가 사라지는 것은 아니다. 오히려 책임 소재를 찾는 시간 동안 문제가 더 커질 수도 있다.

당신보다 소중한 사람은 없습니다

발생한 문제는 해결하는 것이 먼저고, 책임 소재에 대한 파악은 나중에 해도 늦지 않다. 생각의 방향을 사람이 아닌 문제 자체로 바꿀 때 갈등은 훨씬 더 줄어들고 문제 해결도 빨라질 수 있다는 것을 기억하자.

## ♀ 억울한 것에 대하여

내가 잘못한 것도 없는데 모함을 당하거나 비난을 받았을 때 우리는 '억울함'을 느낀다. 억울함을 느낀 순간부터 가슴은 답답해지고 때로는 분노가 치밀기도 한다.

세상을 살다 보면 억울한 일을 수시로 당한다. 내가 말하지도 않은 걸 가지고 말했다고 하는 사람도 있고, 나는 좋은 의도를 가지고 말한 것인데 그 의도를 왜곡하여 나쁜 의도로 받아들이는 사람도 있다.

심지어 내가 도움을 준 것에 대해 고마워하기는커녕 그 도움 때문에 자신이 더 안 좋아졌다며 오히려 나를 비난하는 사람도 있다.

나와 친하지 않은 사람에게, 혹은 한번 보고 말 사람에

당신보다 소중한 사람은 없습니다

게 억울한 일을 당하면 그나마 낫다. 친한 친구나 가족으로부터 억울한 일을 당하면 낭패감이 훨씬 심할 수밖에 없다. 믿었던 사람에게 배신을 당한 느낌일 것이다.

이렇게 억울한 일을 당했을 때 우리는 두 가지 태도를 취한다. 하나는 그 억울함을 해소하기 위해 적극적으로 조치를 취하는 것이고, 다른 하나는 그냥 내버려 두는 것이다.

억울함을 해소하기 위해 적극적으로 조치를 취하는 것은 직접적인 해결책이 될 수는 있지만, 완벽한 해결책은 아니다. 상대가 잘못했다는 것을 증명하는 데는 육체적으로나 정신적으로 많은 품이 들고, 상대의 잘못이라는 것이 확인되면 그 상대와의 관계는 더 멀어질 것이기 때문이다.

그래서 비록 억울한 일이지만 나의 손해가 크지 않다면 그냥 내버려 두는 경우도 있다. 내가 작게 손해를 보고 상대와의 관계는 그대로 유지하려는 것이다. 하지만 이 때도 억울한 일이 되풀이된다면 고민이 된다. 참고 넘어가려 했는데 상대가 계속 의도적으로 나를 공격할 경우 계속 참아 주어야 하는지에 대한 갈등이 생기는 것이다.

잘된 일이든 잘못된 일이든, 살면서 부닥치게 되는 모든 일에는 그 원인이 있다. 다만 어떤 원인은 분명하게 눈에 보이고, 어떤 원인은 사람의 눈에는 보이지 않는다. 또 당시에는 알 수 없었지만 나중에 알게 되는 원인도 있다.

억울한 일도 마찬가지다. 아무리 억울한 일이라도 내가 알지 못하는 원인이 있을 수 있다. 그 억울한 일이 내 삶을 너무 피폐하게 만들고 불행하게 만드는 것이라면 굳이 참고 넘어가 줄 필요까지는 없을 듯하다. 그 억울한 일 때문에 물질적으로 큰 피해를 보았다면, 원인을 파헤쳐서 손해를 회복해야 할 필요도 있다.

하지만 어떤 억울한 일이 단순히 나에게 감정적 스트레스만 준 것이라면 그 원인을 파헤치려고 너무 노력하는 것은 나에게 더 해로울 수도 있다. 굳이 그 사람과 잘잘못을 따지며 싸우는 것이 되려 내 삶을 더 피곤하게 만들지도 모르기 때문이다. 어떤 사람이 나에게 의도적으로 계속 억울한 일을 만든다면 그와의 관계를 단절하면 그만이다.

또 나와 친한 사람이 단순한 실수로 나에게 실수를 한

당신보다 소중한 사람은 없습니다

것이라면 잘잘못을 밝히기보다 그냥 그러려니 하고 넘어가 주는 것이 훨씬 좋은 대응책이 될 수도 있다. 누군가 나에게 잘못을 저질렀을 때 친한 사이라면 그것이 의도적이었는지 아니면 실수였는지 파악하는 것은 그리 어렵지 않다. 만약 그것이 단순한 실수 때문이었다면 나중에 그 사람도 자신의 잘못을 깨닫게 될 것이고, 그 실수를 지적하지 않은 상대방 의 배려에 대해 고맙게 생각할 것이다.

억울한 일이 생겼다고 해도, 당장 해결하지 않으면 신체 적, 혹은 물질적으로 큰 손해를 보는 것이 아니라면, 그 일 에 너무 집착하지 말자. 우리는 서로에게 의도치 않게 억울 함을 주거나 받으면서 살아간다. 어리석은 사람은 억울한 일에 집착하여 스스로의 삶을 더 피폐하게 만들지만, 지혜 로운 사람은 그 억울한 일을 관계를 돈독하게 만드는 계기 로 만든다.

## ♀ 싫은 사람 딱 한 명이
## 하루를 망친다


우리의 삶이 아무리 행복하고 즐거워도, 딱 한 명의 싫은 사람이 우리의 하루를 완전히 망쳐 버릴 수 있다. 오늘 일어난 즐거운 일로 얻는 기쁨은 아주 잠시뿐이지만, 당신이 싫어하는 누군가의 기분 나쁜 한 마디는 하루 종일 떠오르는 것만 봐도 그렇다.

우리의 뇌는 좋은 것은 짧게 기억하고, 나쁜 것은 오래 기억하려는 습성이 있다고 한다. 한 가지 좋은 일에 만족하지 않고 계속해서 또 다른 즐거움을 찾으려 노력하며, 지독하게 이어지는 나쁜 일은 어떻게든 피하려 노력하는 것이 우리의 생존에 도움이 되기 때문이다.

시시때때로 우리의 삶에 닥쳐오는 안 좋은 일들을 모두

당신보다 소중한 사람은 없습니다

예방할 수는 없다. 그렇지만, 당신에게 계속해서 짜증을 유발하는 싫은 사람은 충분히 당신의 삶에서 몰아낼 수 있다. 그러나 우리는 좋은 게 좋은 거라는 둥, 얼굴 붉히기 싫다는 둥 갖가지 이유를 대며 당신의 하루를 망치는 사람을 계속해서 곁에 두고 괴로워한다. 그가 자신의 삶을 망치는 것을 방치하고, 어쩔 수 없는 일이라 낙담한다.

좋은 사람들과만 관계를 유지할 수는 없는 노릇이지만, 그렇다고 싫은 사람을 그냥 방치해 두는 것도 옳지 않다. 때로는 미움받을 용기를 내어 할 말은 하고, 선을 긋고, 냉담하게 대처해야만 한다.

당장은 고통스러울 수 있다. 그러나 그 시기만 견뎌 낸다면, 당신의 삶은 계속해서 행복만 가득하게 될 것이다.

그러니 더 이상 참지 말고, 분명하게 표현하고 선을 그어 보자.

## ♀ 모두에게 옳은 말은 없다

친한 사이가 멀어지고 서먹서먹해지는 의외의 이유가 있다. 그것은 바로 모두가 각자의 '옳은 말'을 하기 때문이다. 연인이나 부부 사이에 말싸움이 생기는 것도, 친구나 동료 사이에 말다툼이 벌어지는 것도 모두가 저마다의 '옳은 말'을 하려고 하기 때문이다.

스스로 옳고 그름에 대한 기준을 갖는 것 자체가 잘못된 것은 아니다. 하지만 상대에게 그 옳은 것을 주장하기 전에 우리는 그 옳음을 주장하는 것이 상대와의 관계에서 어떤 의미가 있는 것인지 생각해 볼 필요가 있다.

엄밀히 말해 세상에 절대적으로 옳은 것은 존재하지 않는다. 그 사람이 어떻게 살아왔는지, 무엇이 옳다고 배워왔는지에 따라 옳은 것에 대한 기준은 천차만별이다. 따라서

당신보다 소중한 사람은 없습니다

누군가 무엇이 옳다고 주장하는 것은 모두 자신의 기준에서 옳은 것일 뿐이다.

심지어 그 옳음이 어떤 경우에는 사람의 기분에 따라 좌우되기도 한다. 기분이 좋을 때는 너그러운 마음으로 잘못된 것도 옳은 것에 포함시키지만, 기분이 좋지 않을 때는 마음이 편협해져서 옳은 것을 잘못된 것으로 뒤집기도 한다.

좋은 관계를 맺으려면 소통을 한다는 것, 대화를 나눈다는 것이 옳고 그름을 증명하기 위한 과정이 아니라는 사실을 먼저 깨달아야 한다. 소통이란 나의 생각과 상대의 생각이 어떻게 다른지, 그 다름을 어떻게 줄여나갈지 한발씩 양보하는 과정이다.

주변에 좋은 관계를 맺고 있는 사람들을 살펴보면 공통점이 있다. 그것은 바로 '옳은 말'보다는 '필요한 말'을 한다는 것이다.

예를 들어 이제 막 연인과 헤어진 친구에게는 "상대를 잘못 골랐다", "사람 보는 안목이 없다"와 같은 옳은 말이 아니라 "너무 슬퍼하지 않아도 된다", "또 다른 인연이 있을 것이다"와 같은 위로의 말이 필요하고, 사업 실패로 좌절한 사람에게는 "아이템을 잘못 골랐다", "노력이 부족했다"와 같은 옳은 말이 아니라 "너무 낙담하지 말자", "다시 또 도전해 보자"와 같은 격려의 말이 필요하다.

좋은 관계는 좋은 말에서 생겨난다. 그리고 여기서 좋은 말이란 내가 생각하기에 '옳은 말'이 아니라 상대가 생각하기에 '필요한 말'이다. 물론 아무에게나 그렇게 하라는 뜻은 아니다. 내가 사랑하고 아끼는 사람이라면, 그래서 계속해서 좋은 관계를 맺고 싶은 사람이라면 그렇게 하는 것이 현명하다는 의미다.

# ⚲ 새 시대의 직장 처세술

과거에는 직장에서 자신을 낮추고 상사의 비위를 맞추는 것이 처세의 기본이었다. 하지만 이제 세상이 변했다. 겸손하고 배려하는 것이 미덕이 아닌 시대가 되었고, 아부하고 아첨하는 것이 오히려 해가 될 때도 있다.

물론 아직도 직장 내에서 정치적으로 처신을 하는 것이 필요할 때도 있지만, 이제 대세는 자신의 실력을 감추기보다는 드러내고, 자신의 업무 영역은 스스로 지켜가는 태도다. 여기 새롭게 바뀐 직장 처세술 몇 가지를 제시해 본다.

### ① 겸손은 미덕이 아니다

당신의 성과에 대해 겸손해하며 침묵하지 마라. 당신이 침묵하는 순간, 다른 누군가 그 공을 자신의 것으로 만들어버린다. 여럿이 함께해서 만들어낸 성과라 할지라도 그 성과 목록에 반드시 자신이 포함되도록 나를 드러내야 한다.

### ② 누구의 편도 들지 않는다

회사에서 내가 누군가의 편을 들어야 한다면, 업무로만 판단을 해야 한다. 업무를 잘한 쪽에 대해서는 잘했다고 하면 되고, 못한 쪽에 대해서는 언급을 하지 않으면 된다. 만약 업무와 관련된 문제가 아니라면 어느 쪽도 편을 들지 마라. 업무와 아무런 관련이 없는데 당신이 어느 한쪽의 편을 든다면 다른 한쪽의 적이 되고 만다.

### ③ 부드럽지만 분명하게 거절한다

직장 동료를 도와주는 것은 미덕이다. 단, 내가 여유 있을 때 그렇게 하라. 누군가를 도와준답시고 내 일을 하지 못하게 되면, 도와줬다는 것은 핑계밖에 되지 못한다. 또, 한 번 도와줬다고 계속 부탁하는 사람이 있다면 단호하게 거절하라. 반복되는 부탁을 거절하지 못하면 상대는 자신이 처리할 수 있는 일조차 당신에게 떠넘기게 될 것이다.

### ④ 뒷담화는 절대로 말하지 않는다

다른 사람이 하는 뒷담화는 어쩔 수 없이 듣게 될지언

정, 그 뒷담화에 호응은 하지 마라. 또 내 입으로 다른 동료에 대한 뒷담화는 절대로 하지 마라. 내가 말한 뒷담화는 화살이 되어 나의 심장으로 다시 되돌아올 것이다.

### ⑤ 판단은 감추고 결과를 지켜본다

직장은 학교가 아니다. 과정보다 결과를 중시한다. 직장에서는 과정이 잘못돼도 결과는 얼마든지 좋을 수 있다. 그러니 불법적인 일이 아니라면 잘못된 방법이라고 무조건 반대하지 마라. 내 판단은 감추고 결과를 지켜보라. 직장에서는 때때로 미심쩍은 방법이 상상치 못한 좋은 성과를 불러온다.

### ⑥ 중요한 일은 항상 증거를 남긴다

회사는 문제가 생기면 증거재판주의를 채택한 법정이 된다. 아무리 억울한 일을 당해도 증거가 없으면 그대로 당하고 만다. 중요한 일은 구두로 주고받지 말고, 반드시 메일이나, 문자나, 영상이나, 문서로 남겨야 한다. 아무리 믿을만한 사이라고 생각해도 증거는 반드시 남겨야 한다.

## ⚲ 인생은 마라톤이 아니라
## 산책길이다

인생을 살면서 우리가 조급함과 불안함에 시달리는 까닭은 남들보다 뒤처질까 하는 걱정 때문이다. 다들 열심히 살아가는 것 같은데 나는 게으르기만 한 것 같고, 나름 뭔가 해 보려고 해도 나에겐 재능이 없는 것 같은 기분이 든다.

그럴 땐 학교 다닐 때를 돌이켜 보자. 반에서 정말로 열심히 공부하는 친구는 1%가 채 되지 않았을 것이다. 대부분의 친구들은 학업 스트레스에 시달리면서도 노력을 게을리하기 일쑤다.

그것은 사회에 나와서도 마찬가지다. 직장에 다니거나 자기 사업을 하면서 열심히 사는 사람은 단 1%에 불과하다. 유튜브나 인스타그램 등의 SNS를 통해서 열심히 살아가는 사람들의 모습을 자주 접하기에, 그런 사람들이 많을 것이라는 착시가 일어날 뿐이다.

80%가 넘는 사람들이 대충대충 중간만 하며 살아가고, 나머지 사람들은 그것조차 하지 않고 평범한 사람들 뒤에 숨어 빈둥거린다. 이런 비밀을 알고 나면, 사실 행복한 삶을 위해 필요한 건 뼈를 깎는 대단한 노력이 아니라는 것을 깨닫게 된다. 그냥저냥 살거나, 빈둥빈둥 살아가는 99%의 사람들보다 조금만 더 열심히 하면 되는 것이다.

사실 인생은 마라톤이 아니라 산책길이다. 그들보다 조금 앞서나가기 위해선 전력 질주를 하지 않아도 된다. 그냥 조금 빨리 걷는 것만으로도 충분하다. 오히려 처음부터 달려 나가겠다는 생각은 마음속에 부담만 키울 뿐이다.

그러니 남들보다 조금 빨리 걷자. 자신의 재능을 탓하지도, 게으름을 부끄러워하지도 말자. 그것만으로도 당신은 충분히 남들보다 앞서나갈 수 있을 것이다.

## ♀ 성공과 실패의 함수 관계

    실패는 성공의 어머니라고 한다. 하지만 여기에는 조건이 하나 붙는다. 실패가 성공의 어머니가 되려면 그 실패는 감당할 수 있을 만큼의 실패여야 한다.

    미국의 한 대학병원에서 새로운 수술 기법을 도입해 의사들의 심장병 수술 성공률을 조사한 적이 있다. 그런데 그 조사에서 흥미로운 사실이 발견됐다. 새로운 수술 기법으로 수술에 실패한 의사는 그다음 수술에서도 실패할 가능성이 높았다는 것이다.

    이유를 조사해 보니 수술 실패가 의사들의 자신감을 떨어뜨린 것이 주원인이었다. 실패는 그들의 마음에 불안이라는 감정이 싹트게 했고, 결국 다음 수술에서도 이어진 두려움이 그들의 제 실력을 발휘하지 못하게 만들었다고 한다.

당신보다 소중한 사람은 없습니다

반대로 새로운 수술 기법으로 수술에 성공한 의사는 그 다음 수술에서도 성공할 확률이 높았다. 그뿐만이 아니었다. 새로운 수술에 성공한 의사는 자신감이 높아져서 좀 더 과감한 수술에도 도전하고 싶어 했다.

작은 실패는 좋은 경험이 될 수 있지만, 실패가 반복되거나 스스로가 감당할 수 없을 정도의 큰 실패를 하게 되면 자신감이 떨어져 성공에서 더욱 멀어질 수 있다.

반대로 성공이 자만심을 불러와 실패를 유발한다는 말도 있지만, 앞서 예로 든 대학병원의 사례처럼, 성공하는 경험들이 쌓이다 보면 자신감이 불어나 더 큰 도전을 할 수 있게 되기도 하고, 그 도전이 더 큰 성공을 이끌기도 한다.

어쩌면 어떤 일에 성공을 했느냐 실패를 했느냐 하는 사실은 중요하지 않을 수 있다. 성공이든 실패든 그것을 어떻게 받아들이냐가 훨씬 더 중요하다.

캐롤 터킹턴은 이렇게 말한 적이 있다. "절대 후회하지 마라. 좋았다면 추억이고, 나빴다면 경험이다." 실패와 성공에 대해서도 비슷하게 말할 수 있지 않을까? "실패했다면 좋은 경험이고, 성공했다면 좋은 추억이다."

실패든 성공이든 모두가 좋은 것이라는 태도가 필요하다. 실패해서 좌절하지 않으려면 그 실패를 좋은 경험으로만 간직하면 되고, 성공해서 자만하지 않으려면 그 성공을 좋은 추억으로만 남겨 둬야 한다.

당신보다 소중한 사람은 없습니다

김 부장은 매일 아침 9시부터 6시까지 책을 만들기 위해 인쇄기를 돌렸다. 그는 20년째 그 일을 하고 있었다. 어느 날 그 인쇄소에 신입사원이 입사를 했다. 그 신입사원도 김 부장과 함께 매일 인쇄기 돌리는 법을 배웠다. 1년 정도가 지나자 신입사원이 김 부장에게 물었다.

"부장님은 20년 동안 매일 똑같이 인쇄기를 돌리는데, 지겹지 않으신가요?"

그러자 김 부장은 이렇게 대답했다.

"전혀요. 책 내용이 다르잖아요."

사람들은 가끔씩 똑같은 시간에 일어나, 똑같은 곳에 출근을 해서, 똑같은 일을 하는 것이 지겹다는 생각을 한다. 하지만 정말 우리는 똑같은 일을 하고 있는 것일까?

공사장의 인부는 매일 10층짜리 건물을 만들기 위해 똑같은 벽돌을 나르지만, 그 벽돌이 쌓여갈수록 건물의 모양은 달라진다. 음식점을 운영하는 사람은 매일 똑같은 음식을 만들어 손님들에게 제공하지만, 오는 손님들은 매일 조금씩 다르고, 또 손님들마다 그 음식을 통해 매일 새로운 힘을 얻어 간다.

우리의 몸도 그렇다. 매일같이 거울을 보는 우리는 거울 속 자신의 변화를 느낄 수 없지만, 10년 전, 20년 전 사진을 보면 자신의 모습이 그때와 너무도 다르다는 것을 알 수 있다. 모습이 갑작스럽게 변한 것이 아니다. 조금씩 변화한 하루하루가 쌓여 그렇게 바뀐 것이다.

우리의 생각도 그렇다. 10년 전, 5년 전 우리가 했던 생각을 되돌아보면 지금의 우리와 전혀 다른 사람인듯 어색하다. 심지어 1년 전만 해도 우리는 지금과 같은 사고방식을

당신보다 소중한 사람은 없습니다

가지고 있지 않았다. 새롭게 만나는 사람, 새롭게 겪은 경험, 새롭게 찾아간 장소를 통해 우리의 사고방식이 조금씩 바뀐 것이다.

똑같은 시간, 똑같은 장소, 똑같은 사람은 존재하지 않는다. 우리가 그 변화를 알아차리지 못하는 것일 뿐, 시간도 장소도 사람도 계속 변화하고 있다.

하루하루가 똑같다고 생각하면 삶 또한 정체된 느낌이 들어서 지겨워지고 권태롭다는 생각이 든다. 하지만 일부러라도 하루하루의 변화된 모습을 찾아보려고 노력하면 변화된 것들이 보이고, 삶이 앞으로 나아간다는 느낌이 든다.

삶에서는 결코, 단 하루라도, 똑같은 날은 없다. 내가 다만 그 변화를 보지 못한 것일 뿐이다.

## ♀ 마지막에 남는 사람

　인간관계는 가급적 많은 사람과 폭넓은 관계를 맺는 것이 좋을까, 아니면 좁은 관계라도 나와 맞는 사람 몇몇과 깊이 있게 지내는 것이 좋을까. 이에 대해 명확한 답을 내리기는 어렵다. 관계의 폭은 그 사람의 성격과 스타일에 따라 다를 수밖에 없는, 정답이 없는 문제이기 때문이다.

　새로운 사람과 사귀는 것을 어려워하지 않고 이런저런 다양한 만남을 즐기는 사람은 당연히 관계의 폭이 넓을 것이다. 그 사람에게는 그것이 좋은 것이다. 하지만 새롭게 누군가와 관계 맺는 것을 어려워하고 여러 사람을 만나기보다는 한두 사람에게 집중하는 것이 좋은 사람에게는 좁은 관계가 좋은 것이다.

　심지어 누군가에게 크게 상처받은 경험이 있는 사람이

　　　　당신보다 소중한 사람은 없습니다

나 극도로 소심한 사람은 가족이나 몇몇 친구들을 제외하고 일절 다른 사람과 새로운 관계를 맺지 않기도 한다. 다른 사람이 보기에는 그런 상태가 안돼 보이고 답답해 보일지 몰라도 그 사람에게는 그게 최선일 수 있다.

일반적으로 인간관계가 넓은 사람은 관계를 자신에게 맞추기보다 상대에게 맞추는 사람이고, 인간관계가 좁은 사람은 관계를 상대에게 맞추기보다 자신에게 맞추는 사람이다. 관계의 구심점이 다를 뿐이지 어느 쪽이 좋다거나 나쁘다고 할 수 없다. 그러니 남들이 뭐라 하든 자신의 인간관계가 넓거나 좁은 것에 대해서 지나치게 신경 쓸 필요는 없을 듯하다.

하지만 아무리 인간관계가 넓은 사람도 세월이 흐르면 그 관계가 좁아질 수밖에 없다. 인간관계에 쓸 수 있는 시간이 무한한 것도 아니고, 나이가 들수록 활동성이 떨어져 누군가를 만나는 것에 에너지를 쏟는 것도 쉽지 않아지기 때문이다.

결국 인간관계가 넓은 사람이든 좁은 사람이든 시간이

흐를수록 자신과 맞는 사람에겐 더 마음을 쓰고, 안 맞는 사람에겐 마음을 덜 쓰게 되어 있다. 중년이나 노후가 돼서도 계속 만나는 사람이 있다면 그 사람이 나와 가장 맞는 사람이다. 그런 사람이 인생이 서넛쯤 있다면 그 인생은 충분히 성공한 인생이 아닐까?

당신보다 소중한 사람은 없습니다

## ♀ 어떤 사람이 이유 없이 싫을 때

특별히 잘못한 것도 없고 눈에 띄는 흠결이 있는 것도 아닌데, 이유 없이 싫은 사람이 있다. 도대체 그 사람이 왜 싫은지 누군가 물어오면, 뭐라 딱히 해 줄 말이 없어 이렇게 대답하곤 한다.

"그냥."

하지만 심리학자들의 생각은 다르다. 그들은 사람들과의 상담을 통해 이유 없이 싫은 것에도 이유가 있다는 것을 발견했다.

그 첫 번째 이유는 그 사람이 과거 나에게 상처를 주었던 어떤 사람과 특성을 공유하기 때문이다. 특별히 잘못한 것이 없어도 그가 과거에 내게 상처를 주었던 사람과 생김

새, 말투, 행동 양식이 닮아 있을 때 우리는 이유 없이 그 사람이 싫어진다.

두 번째 이유는 그 사람에게 인정하고 싶지 않은 과거의 내 모습이 어려 있기 때문이다. 지금은 고쳤을지라도 내가 싫어했던 과거의 내 성격, 습관, 태도 같은 것들이 상대에게서 나타날 때, 그가 나에게 잘못한 것이 없어도 그 사람이 싫어진다.

첫 번째 이유와 두 번째 이유에는 공통점이 있다. 과거에 내가 싫어했던 어떤 모습이라는 점이다. 과거에 함께했던 어떤 사람이든 나 자신이든, 내가 싫어했던 모습이 새로 만나는 사람에게서 보일 때 우리는 그 사람을 무의식적으로 거부하게 된다. 일종의 트라우마 같은 것이다.

하지만 어떠한 경우든 상대가 특별히 잘못한 것도 없는데 상대를 싫어하게 되는 것은 상대에게도 나에게도 좋은 일은 아니다. 내가 관찰한 어떤 한두 가지 특징이 그 사람의 전부라고 할 수는 없고, 모든 사람에게는 단점과 장점이 공존하기 때문이다.

상대가 이유 없이 싫다면, 이것을 오히려 내 삶을 반추해 볼 기회로 삼는 것이 좋다. 그의 어떤 모습이 나를 자극하고 있는지 생각해 봄으로써 나의 상처를 들여다볼 수 있기 때문이다.

과거의 상처는 억누른다고 사라지는 것이 아니다. 오히려 억누를수록 가끔씩 강하게 튀어올라 나를 더 불편하게 만든다. 그런 상처가 있다면 억누를 것이 아니라 가만히 들여다보고 놓아주는 것이 필요하다.

상대가 이유 없이 싫어질 때는 내가 지나온 삶을 돌이켜보고, 상대를 있는 그대로 보려고 노력하자. 이유 없이 싫은 그 상대가 어쩌면 당신의 가장 친한 친구가 될 수 있을지도 모른다.

## ♀ 말을 많이 하면 적이 생긴다

　말주변이 없는 사람들은 유창하게 말을 잘하는 사람을 보면서 부러움을 느끼지만, 사실 그런 사람들은 종종 주변 이들과의 불화에 휩싸이곤 한다. 말을 많이 하면 실수가 생기고, 그 실수로 인해 인간관계에 문제가 발생할 수밖에 없기 때문이다.

　생각 없이 내뱉은 한 마디는 누군가에게 상처를 주기도 하고, 자기도 모르게 선을 넘어 버리기도 한다. 말을 많이, 잘하는 건 남들 앞에서 강연을 하거나 말을 통해 생계를 유지하는 사람에게나 필요한 덕목이지, 사실 일반적인 사람들에게는 그리 중요한 덕목이 아닐지도 모른다.

　왜냐하면 인간관계에서는 말을 잘하는 것보다 잘 들어 주는 것이 훨씬 더 높은 가치를 가지는 경우가 많기 때문이다. 더군다나, 말을 잘 들어주는 사람은 여러 사람의 의견을 경청하고 다양한 이야기를 수용하기에 말이 많은 사람보다 식견이 넓고 이해심이 깊어진다.

그러니 당신도 말주변이 없어 걱정이라면, 그런 걱정은 잠시 접어 두자. 말을 하지 못해서 안달이 난 사람보다, 쉽게 침묵할 줄 아는 사람이 훨씬 더 멋진 법이다.

# ♀ 누군가 험담을 한다면

당신이 누군가에 대해 아무런 잘못도 하지 않았는데 그 누군가가 당신에 대해 험담을 한다면 흥분하거나 화를 낼 필요가 없다. 물론 그에겐 어떤 이유가 있을 것이다. 당신의 말이나 행동이 마음에 들지 않았거나, 당신이라는 존재 자체가 그에게 위협이 되기 때문일 수도 있다.

하지만 이유야 어찌 됐든 누군가에 대한 뒷담화에 열심인 사람은 열등감이 심한 사람일 가능성이 크다. 열등감이 강한 사람일수록 자기 주변 사람을 긍정적으로 바라보지 않고, 흠집을 찾아내려고 노력한다. 상대가 열등해져야 내가 우월해질 수 있다는 어리석은 생각 때문이다.

하지만 타인에 대한 뒷담화는 결과적으로 자기 자신을 깎아내리는 행동이다. 그것을 듣는 사람도 처음에는 흥미를 가질지 모르나, 나중에 진실을 알고 나면 뒷담화에 흥미를 잃고 떠나 버리고 만다. 만약 여러 사람이 모여서 뒷담화에 열심이라면, 그 모임은 열등감을 가진 사람들의 모임일 뿐이니 신경 쓸 필요가 없다.

무고한 누군가에 대해 흠집을 내려는 사람들은 현재의 자기 자신과 자신의 삶에 만족하지 못하는 사람이다. 자기 삶에 만족하지 못하니 남의 삶도 만족스러워서는 안 되는 것이다. 하지만 그건 그의 생각일 뿐이지 현실은 정반대다.

아이러니한 것은 뒷담화를 많이 하는 사람일수록 자신에 대한 뒷담화에 대해서는 매우 민감하다는 것이다. 자신은 실컷 타인에 대한 있지도 않은 사실까지 떠들어대면서, 정작 자신에 대한 이야기는, 그것이 진실이라 하더라도 타인의 입에서 오르내리는 것을 참지 못한다. 도둑이 제 발 저린다는 말이 여기에 딱 맞다.

누군가 당신에 대해 뒷담화를 한다는 얘기가 들려오면 반응하지 않는 것이 최고의 전략이다. 그들이 궁극적으로 노리는 것은 당사자의 과민반응이기 때문이다.

그들은 자신의 이야기가 다른 누군가를 통해 당사자의 귀에 들어가길 바라며, 그 이야기를 들은 당사자가 흥분하고 원통해하는 것을 원한다. 그러니 뒷담화에는 무반응이 최선이다.

당신보다 소중한 사람은 없습니다

## ⚘ 인생은 운칠기삼

운칠기삼이라는 고사성어가 있다. 성공하는 데 필요한 건 운이 70%고 능력은 30%에 불과하다는 말이다. 노력에도 불구하고 일이 좀처럼 풀리지 않는 현실을 자조적으로 이야기할 때 농담처럼 쓰는 말이지만, 분명히 근거가 있는 말이기도 하다.

2022년 이그노벨상 경제학상을 수상한 〈재능 대 운 : 성공과 실패에서 무작위의 역할〉이라는 논문에서는 재능은 성공을 보장하지 못하며, 결국 부는 운이 좋고 평범한 20%가 독식한다는 것을 통계적으로도 증명해 냈다. 인생에서 성공하기 위해서 어느 정도의 재능은 필요하지만, 그렇다고 해서 무조건 재능 있는 사람들만이 성공하는 건 아니라는 것이다.

이런 이야기를 들으면 '어차피 인생은 될놈될인데 굳이 열심히 살아야 할 필요가 있을까?'라는 생각이 들기도 한다. 하지만 오히려 이 연구는 스스로 능력이 없고 평범하다고 생각하는 대다수의 사람들에게 성공의 가능성을 열어 준다.

사람들은 본인이 똑똑하지 못해서, 재주가 없어서, 능력이 부족해서 성공하지 못한다고 생각한다. 그렇지만 앞서 이야기한 연구에서처럼 재능은 성공을 보장하지 못한다. 정말로 중요한 것은 운을 자신의 것으로 만드는 일이다.

그렇다면 어떻게 해야 운을 내 편으로 만들 수 있을까? 그 방법은 아주 간단하다. 계속해서 도전하는 것이다. 확률을 높이는 가장 단순하고 분명한 방법은 더 많이 시도하는 것뿐이다.

포커 경기에서 가장 중요한 것은 적은 칩을 꾸준히 베팅하는 것이다. 기분에 따라서 늘리거나 줄이지 않고, 무리하지 않으며 게임을 길게 가져가는 것이다. 이 또한 최대한 많은 시도를 하며 기회를 기다리는 전략 중 하나이다.

인생을 절대 올인하지 말자. 최고의 사업 아이템을 발견했다며 무리하게 돈을 끌어다 쓰거나, 모든 인간관계를 끊어 내고 골방에 틀어박혀 공무에 매진하는 것은 결과를 알 수 없는 단 한 판의 게임에 삶을 거는 바보 같은 행동이다.

작게 시도하고 많이 시도하자. 그리고 당신이 어떤 일로 실패했다 하더라도, 그것이 자신의 모자란 능력 탓인 양 비관하지 말자. 단지 그날의 운이 안 좋았을 뿐이니, 훌훌 털고 일어나 새로 시작하자.

그렇게 꾸준히 인생의 칩을 나눠 베팅하다 보면, 당신에게도 기회가 찾아올 것이다. 그때 움켜쥐면 된다.

## ⚘ 겸손한 것이
## 꼭 좋은 것은 아니다

남들 앞에서 건방지게 굴고, 자기 자랑만 일삼는 건 분명 좋지 않다. 그렇다고 너무 겸손한 것이 꼭 바람직한 것은 아니다. 우리가 내뱉는 말에는 모두 자기암시의 효과가 있기 때문이다.

누군가의 칭찬이 부끄러워 자기 자신을 깎아내리다 보면 어느 순간 본인 스스로도 '내가 보잘 것 없는 사람인가' 생각하게 되어 버릴 가능성이 크다.

그렇기에 우리는 보여주기식 겸손을 떨 필요가 있다. 남들 앞에선 겸손한 척하더라도 속으로는 '역시 난 대단해', '난 남들과 달라' 하는 자만심을 가져야만 한다는 것이다.

당신보다 소중한 사람은 없습니다

약간의 허영과 자만심은 우리를 움직이게 하는 원동력이 되기도 한다. 과연 내가 할 수 있는 일일까 망설여질 때, '그래 해 보자!' 결심하게 만드는 것도, 포기할까 회의가 들 때, '난 해낼 수 있어!' 용기 내게 만드는 것도 모두 우리의 마음속에 있는 허영과 자만심이다.

만약 당신이 다른 사람의 조언에 줏대 없이 휘둘리거나, 스스로 결정을 내리지 못하고 끊임없이 방황하고 있다면, 너무 겸손한 것은 아닌가 자신을 되돌아보자.

다른 사람 앞에서 겸손한 것은 좋지만, 나조차 나를 겸손하게 생각할 필요는 없다. 당신은 누구보다 훌륭하고 뛰어난 사람이다. 무엇이든 해낼 수 있는 사람이다. 그런 자신감 넘치는 생각을 끊임없이 스스로에게 들려 주자. 분명 그 생각은 현실로 이루어질 것이다.

## ♀ 실수에 대한 생각이
실수를 부른다

잘 해내야만 하는 어떤 일을 앞두었을 때, 우리는 스스로에게 끊임없이 이렇게 되뇌곤 한다. '실수하면 안 돼.', '조급하면 안 돼.' 하지만 이러한 마인드 컨트롤은 우리에게 악영향을 끼칠 뿐이라고 한다.

뛰어난 스포츠선수들 또한 시합을 앞두고 의식적인 마인드 컨트롤을 하지만, 위와 같은 방법은 아니다. 그들은 우리의 뇌가 부정의 개념을 이해하지 못한다는 사실을 알고 있기 때문이다.

"코끼리를 생각하지 마세요."

이 문장을 보는 모든 사람의 머릿속에는 코끼리가 떠오

른다. 우리의 뇌는 '무엇을 하지 말라'는 명령을 이해하지 못하기 때문이다. 이와 마찬가지로 '실수하지 마'라고 이야기하면 우리의 뇌는 '하지 마'라는 부정의 명령어만 쏙 빼고 받아들여 오히려 실수만 떠올리게 된다.

스키선수들은 나무 사이를 이리저리 통과하면서, '나무에 부딪히면 안 돼'라고 생각하지 않는다. 그러면 시야에 나무밖에 들어오지 않기 때문이다. 대신 그들은 '길을 따라가자'라고 생각한다. 그러면 시야에 나무는 사라지고 길만이 눈에 들어오게 된다.

이처럼 성공하는 사람들은 성공 그 자체에만 집중한다. 성공을 방해하는 요인들엔 관심을 두지 않고, 하지 못할 일, 어쩔 수 없는 일에는 신경조차 쓰지 않는다.

당신도 지금 해야만 하는 일, 할 수 있는 일에 초점을 맞추자. 그럼 당신을 괴롭히던 불안함과 조급함이 시야에서 걷히고, 성공을 향한 지름길이 분명하게 모습을 드러낼 것이다.

## ♀ 급할 때일수록 일을 미뤄야 한다

 

 

사람들이 많이 하는 실수 중에 하나는, 여유가 있을 때 느긋하게 일하고, 여유가 없을 때 조급하게 일하는 것이다. 어찌 보면 이렇게 행동하는 게 아주 당연한 것처럼 느껴지 겠지만, 깊이 생각해 보면 사실 그렇지 않다는 것을 알 수 있다.

여유가 있을 때는, 우리가 무엇을 하든 되돌릴 기회가 있다. 그러니 빠르게 결정하고 실행하며, 그 일이 어그러지 면 또 다른 일을 새롭게 시작하는 것이 좋다. 그래야만 다양 한 가능성을 검토해 볼 수 있고, 생산력을 더욱 높일 수 있 을 것이다.

그러나 여유가 없을 때는, 잘못된 일을 되돌리기 어렵 다. 조급한 마음에 서둘러 일을 진행하다 보면 실수할 확률이 올라가고, 뒤늦게 후회해 봐야 이미 손쓸 수 없는 상태가 되어 버리기 십상이다. 그러니 여유가 없을수록 조금 더 느긋하게 고민하고 판단하는 시간을 가져야만 한다.

만약 당신의 삶이 지금 편안하고 안정되어 있다면, 무엇이든 도전할 수 있는 황금 같은 시기를 지나고 있는 것이다. 그러니 하루하루 무료하게 시간을 보내기보다는 그동안 미뤄왔던 일, 당신이 정말로 하고 싶었던 일에 과감하게 뛰어들어 보자.

만약 당신의 지금 삶이 바쁘고 정신없다면, 그 안에서 여유를 찾을 수 있도록 노력해 보자. 머리를 식힐 수 있는 여가시간을 충분히 스스로에게 제공하고, 잠시 쉬어 가며 마음을 다스릴 수 있는 혼자만의 시간을 갖자. 그 잠깐의 여유가 당신의 벅찬 삶에 굉장히 큰 원동력이 되어 줄 것이다.

## ♀ 성공의 알고리즘

　미래가 불투명하고 인생이 답답하게 느껴지는 까닭은 우리의 성공이 먼 곳에 있다고 생각하기 때문이다. 큰 사람이 되기 위해서는 큰 꿈을 꾸라고 배워 온 우리들은 손에 닿지도 않을 만큼 먼 미래를 그려 두고 막연함 속에서 매일을 살아간다.

　그 꿈이 우리의 생각대로 이루어지기 위해서는 일확천금을 손에 넣거나, 생각지도 못한 행운이 떨어져야만 할 것이다. 어쩌면 사람들이 매주 복권을 사고, 무리하게 주식에 투자하며, 위험한 도전을 일삼는 것은 그런 방법이 아니고서는 우리가 꿈꾸는 삶을 손에 넣을 수 없을 거라고 생각하기 때문인지도 모른다.

　하지만 삶을 긍정적으로 가꿔 나가기 위해서는 성공을

당신보다 소중한 사람은 없습니다

먼 곳에서 찾아서는 안 된다. 아침에 일어나서 깔끔하게 이불을 개는 것, 평소보다 10분 일찍 집을 나서는 것, 힘들어하는 친구에게 따뜻한 위로의 말을 건네는 것, 도움을 필요로 하는 누군가에게 기꺼이 손을 내밀어 주는 것. 우리의 삶 속 곳곳에는 작은 성공의 순간들이 숨어 있다. 다만 먼 곳의 거대한 성공만을 바라보고 있는 우리가 그 빛나는 순간들을 만끽하지 못하고 지나치는 것일 뿐이다.

우리의 인생은 결코 하루아침에 이뤄지지 않는다. 작은 성공들이 쌓여서 결국엔 커다란 성공을 이뤄 내는 것이다. 그러니 너무 멀리 보지 말자.

하루에 딱 하나씩의 작은 성공만 이뤄 내자. 작고 귀엽던 아이가 어느 순간 보면 몰라보게 성장해 있듯이, 우리의 작은 성장이 매일 모여 결국 우리를 특별한 존재로 만들어 줄 것이다.

4장.

그냥,
당신을 믿었으면 좋겠다

## ⚲ 열심히 살았다는 증거

우리는 어렸을 때부터 무엇을 하든 '열심히' 하라는 말을 들으면서 자란다. 그런데 그 '열심히'라는 것의 기준은 무엇일까? 내가 열심히 살았다는 것은 무엇으로 증명할 수 있을까?

사람들은 보통 어떤 일을 '열심히' 했다는 것에 대한 기준을 그 일의 결과로 삼는 경우가 많다. 성적이 좋아져야 열심히 공부를 한 것이고, 성공을 거두어야 열심히 일한 것이고, 돈을 많이 벌어야 열심히 재테크를 한 것이다.

하지만 열심히 공부를 해도 성적이 좋지 않을 수도 있고, 열심히 일을 해도 성공을 거두지 못할 수도 있으며, 열심히 재테크를 해도 돈을 많이 벌지 못할 수도 있다.

당신보다 소중한 사람은 없습니다

이처럼 현실에서는 정말 열심히 했는데도 그 결과가 좋지 못한 경우가 수두룩하다.

우리의 생각과는 달리 어떤 일을 열심히 한다는 것과 그 일의 결과가 좋은 것과는 아무런 상관이 없다. 어떤 사람은 머리가 좋아서 그다지 열심히 공부하지 않았는데도 성적이 좋을 수도 있고, 또 어떤 사람은 그다지 열심히 일하지 않았는데도 운이 좋아서 성공할 수도 있다.

나는 즐겁고 행복하게 살기 위해 노력하는 것 자체가 열심히 사는 것이라고 생각한다. 어떻게 하면 즐겁고 행복한 삶인지 고민하는 것 자체가 열심히 사는 것이기도 하다.

사람마다 타고난 능력은 제각각이고 주어진 삶의 조건 또한 다양하기 때문에 열심히 살았다는 것에 대한 획일적인 기준은 존재할 수 없다.

비록 타인이 볼 때는 성공하지 못한 것으로 보일지라도 내가 하고 싶은 일을 해내기 위해 여러 번 실패한 것도 열심히 산 것이고, 여러 번 실패의 쓴 맛을 보았기 때문에 그 일을 포기하고 다른 일을 찾아 떠나는 것도 열심히 산 것이다.

생각을 충전하기 위해 낯선 곳으로 여행을 떠나는 것도, 지친 몸과 마음을 달래주기 위해 게으름을 피우는 것도, 스트레스를 풀고 괴로움을 달래기 위해 친구들과 술을 마시는 것도 열심히 사는 것이다.

삶을 포기하지 않고 더 잘 살기 위해, 더 행복하기 위해, 더 즐겁기 위해 노력하고 있다면 당신은 열심히 살고 있는 것이다.

당신보다 소중한 사람은 없습니다

## ᛦ 소중한 것을 잃어버리는 꿈

사람이라면 누구나 꿈을 꾸고, 자주 꾸는 꿈 가운데 하나는 무언가를 잃어버리는 꿈이다. 나 또한 그렇다. 어떤 꿈에서는 내가 아끼는 물건들이 가득 들어 있는 가방을, 또 어떤 꿈에서는 친한 지인에게서 받은 귀중한 선물을, 또 어떤 꿈에서는 사랑하는 누군가를 잃어버리기도 한다.

나는 꿈에서 무엇인가를, 그리고 누군가를 잃어버리는 것이 꿈의 경고가 아닌가 싶다. 너무도 가깝고 친밀해서 내게 속한 것이 너무도 당연하게 여겨졌던, 하지만 다시 생각해 보면, 노력하지 않으면 결코 지킬 수 없는 존재의 사라짐에 대한 경고 말이다.

그것이 사람이든 물건이든 애초부터 당연히 나에게 속했던, 그리고 앞으로도 당연히 속해 있어야 할 존재는 없다.

어떤 사람과의 관계는 내가 그 관계를 지속시키기 위해 노력해야만 유지될 수 있다. 또 어떤 물건은 내가 그 물건을 얻기 위해 노력해야만 취할 수 있고, 소중히 여겨야만 잃어버리지 않을 수 있다.

지금 내 가방 속에 있는 낡은 볼펜 하나조차도 내 살아온 날들의 노력과 내 살아갈 날들의 기대에 대한 작지만 또렷한 흔적이다. 그 볼펜으로 나는 중요한 문서에 내 삶의 증거를 남길 수 있었고, 갑작스레 떠오른 좋은 생각을 놓치지 않을 수도 있었다. 그런 볼펜을 잃어버린다는 것은 내 삶의 일부를 잃어버리는 것과 마찬가지다.

그러니 꿈을 꾼다는 것은, 가볍게 생각하면 뇌의 장난인 듯하지만, 다시 생각해 보면 내 삶에서 무척 중요하지만 익숙해져서 놓쳐 버리고 있는 진실에 대한 비밀스러운 힌트가 아닐까 싶다.

따라서 꿈의 내용을 너무 세세하게 받아들일 필요는 없겠지만, 그렇다고 아무것도 아닌 듯 전부 무시해 버리는 것도 좋은 태도는 아닌 듯하다.

당신보다 소중한 사람은 없습니다

기분 좋은 꿈은 그 기분만을 간직하면 된다. 그러나 기분 나쁜 꿈을 꾸었다면, 그 기분은 버리고, 혹 내가 살아가면서 무언가 소중한 것을 놓치지는 않았는지, 실수한 것은 없는지 되돌아보는 계기로 삼아 보자.

## ♀ 인생은 계절과 같다

여름의 끝이 다가오면 장마가 찾아온다. 높은 습도 때문에 숨쉬기가 버거울 정도로 후덥지근해지며, 피부는 끈적거리고 불쾌지수가 올라간다. 잇따른 태풍으로 수해가 발생하기도 한다. 쏟아지는 빗줄기에 온몸이 홀딱 젖고, 불어닥치는 강풍에 우산이 뒤집히는 건 언제나 여름의 끄트머리다.

순순히 물러가지 않는 건 겨울도 마찬가지다. 갑자기 눈발이 불어닥치고, 꽃샘추위가 찾아와 계속해서 옷을 여미게 만든다. 도저히 이 계절이 끝나지 않을 것만 같은 기분이 들고, 추위가 지긋지긋해질 즈음, 봄은 어느 날 느닷없이 고개를 들이민다.

여느날처럼 아침 일찍 집을 나섰을 때, 문득 공기가 바뀌었다는 기분을 느끼는 순간이 있다. 그제야 우리는 가을

이 왔음을, 혹은 봄이 왔음을 느낀다.

우리의 인생 또한 계절과 같다고 느낄 때가 많다. 도대체 불행의 끝이 보이지 않으며, 삶이 계속해서 제자리걸음을 하고 있다고 느껴질 때. 내 인생 속에서 행복을 찾을 수 없고, 평생 이러한 삶을 쳇바퀴 돌 듯 반복해야 할 것 같다는 좌절에 빠질 때.

그럴 때 우리의 삶은 갑작스럽게 변화하곤 한다. 어느 순간 행복함에 젖어 있는, 혹은 즐겁게 삶을 살아가고 있는 자신을 마주하게 되는 것이다. 그것은 거대한 행운이 찾아왔기 때문도, 삶이 급격한 전환을 맞이했기 때문도 아니다. 그저 인생의 계절이 바뀐 것일 뿐이다.

당신의 삶이 지금 무척 괴롭고 어려울지라도, 희망이 보이지 않고 언제나 불안감에 싸여 있을지라도, 그 계절은 조만간 지나갈 것이다. 그리고 그 아픔이 깊고 지독할수록, 그 계절이 막바지에 다다랐다는 것을 의미한다. 그러니 조금만 힘을 내자. 어느 순간 거리를 걷다가, 자신도 모르는 사이 길거리에 봄꽃이 활짝 피었음을 깨닫게 될 것이다.

## ⚲ 오늘이 힘든 까닭은
## 내일 감동받기 위함이다

어릴 적에 재미없게 보았던 어떤 책이 나이 들고 다시 보았을 때 감동으로 다가왔던 경험이 있을 것이다. 지금은 가슴 깊이 와닿는 그 책이 왜 옛날에는 아무런 감흥을 주지 못했던 것일까?

나이를 먹었다는 것은 더 많은 일을 겪었다는 뜻이다. 사람에게 상처도 받아 보고, 사랑의 설렘도 겪어 보고, 이별의 아픔도 경험하면서 켜켜이 쌓인 감정들이 비로소 예전엔 이해하지 못했던 것을 이해하게 만든 것이다.

어릴 적엔 꺾어 놀기 바빴던 꽃 한 송이가 어느 순간 눈물을 자아내는 감동으로 다가오기도 하고, 어릴 적엔 무관심했던 가을의 청명한 하늘이 어느 순간 감탄을 불러일으

당신보다 소중한 사람은 없습니다

키기도 한다. 당신이 좋은 영화를 보고 눈물짓고, 당신 곁의 그 사람에게 벅찬 사랑을 느끼고, 살갗에 닿는 봄바람에 설렘을 경험하는 것은 모두 당신이 삶을 살아오며 겪은 아픔과 고민이 있었기 때문이다.

그러니 당신의 오늘이 힘들다고 너무 고통스러워하지 말자. 당신의 오늘은 결코 무의미하지도, 아무런 가치가 없지도 않다. 오늘 당신은 힘들었지만, 덕분에 내일 더 행복할 수 있을 테니까. 오늘이 지난 당신의 감정은 더 풍부해지고, 당신의 세상은 더 아름다운 것으로 가득찰 것이니 말이다.

## ♀ 꼭 꿈이 있어야 하나

어른들은 학생에게 묻곤 한다.

"너는 커서 뭐가 되고 싶니? 네 꿈은 뭐니?"

그런데 요샌 그런 질문에 선뜻 '내 꿈은 뭐다'라고 분명하게 대답하는 학생들이 많지 않다. 학생들이 쭈뼛쭈뼛 대답을 하지 못하면 그 질문을 한 어른들은 '어떻게 애들이 꿈도 없을까' 걱정하는 표정으로 쳐다보곤 한다.

예전 어른들은 어렸을 때 꿈이 뭐냐는 질문을 받으면 주로 이렇게 직업을 대면서 씩씩하게 대답했다고 한다. "대통령이요~", "과학자요~", "장관이요~", "선생님이요~" 하지만 예전 어른들이 꿈꾸던 그런 직업들은 요새 별로 인기가 없다.

당신보다 소중한 사람은 없습니다

"꿈을 가져라"라고 말하는 어른들은 많지만, 그들이 말하는 꿈이란 대부분 직업과 관련된 것이고, 게다가 그 꿈을 왜 가져야 하는지 알려주는 어른은 많지 않다. 어른들이 제시하는 꿈을 가져야 하는 이유가 빈약하다 보니 아이들도 갈수록 그런 꿈에서 멀어지는 것은 아닐까?

요즘 아이들이 가장 되고 싶어 하는 것 중의 하나는 부자다. 어른들의 기준으로 보면 그게 꿈일까 싶지만, 아이들로 하여금 부자를 꿈꾸게 만든 것은 결국 어른들이 아닐까? 어른들이 하도 돈, 돈, 돈 거리다 보니 아이들도 삶에서 돈이 가장 중요하다고 생각하게 되고, 그래서 부자가 되는 걸 꿈꾸는 게 아닐까?

나는 꿈이라는 것이 옛날 어른들이 생각하는 것처럼 거창할 필요도 없고, 직업적인 것이 될 필요는 더더욱 없다고 생각한다. 어떤 직업을 갖게 되든, 얼마나 성공하게 되든, 어느 만큼 재산을 갖게 되든, 내가 행복한 삶을 꿈꾸어야 한다고 생각한다.

다른 사람이 보기에 대단한 직업이 아니더라도 내가 행

복하면 좋은 직업인 것이고, 다른 사람이 보기에 많지 않은 재산이라도 내가 만족한다면 충분한 재산이다. 좋은 직업을 갖기 위해 하고 싶지도 않은 공부를 하고, 많은 재산을 불리기 위해 하루 종일 스트레스를 받으며 돈 계산만 하고 산다면 결국 불행한 삶을 살고 있는 것이다.

세상에 공짜는 없다. 내가 이루려고 하는 것이 크면 클수록 그만한 대가를 치러야 한다. 만약 그 큰 대가를 치르는 것이 행복하다면 상관없겠지만, 그 대가를 치르는 것이 불행하다면 굳이 그 일을 이루려고 애쓸 필요가 있을까 싶다.

꿈을 꾸어야 한다면 무언가가 되려고 꿈꾸기보다는 무언가를 이루기 위해 꿈을 꾸어야 한다. 그리고 이루려는 그 무언가는 나에게 행복한 것이어야 한다. 나에게 행복한 것을 추구할 때, 내 삶에서 어쩔 수 없이 부닥치게 되는 힘들고 괴롭고 슬픈 일들도 좌절하지 않고 극복해 나갈 수 있다.

당신보다 소중한 사람은 없습니다

## ♀ 미래를 예측하는 가장 확실한 방법

일이 잘 풀리지 않거나 기분이 다운될 때면 가끔씩 10년 후, 20년 후 내 모습이 어떨지 궁금해지곤 한다. 그래서 인터넷으로 오늘의 운세나 토정비결을 보기도 하고, 타로나 사주 카페에 들러 약간의 돈을 내고 나의 미래를 물어보기도 한다.

점을 쳐 주는 사람의 말을 전부 믿지는 않지만, 좋은 말을 들으면 왠지 기분이 좋아지고, 나쁜 말을 들으면 왠지 기분이 찜찜해진다. 아무리 재미로 치는 점이라고 해도 일단 점을 친 이상, 점쟁이의 말을 그냥 넘기기는 쉽지 않다.

그런데 불분명한 점쟁이의 말에 의지하지 않고도 내 미래를 내다보는 보다 확실한 방법이 있다. 그것은 바로 '오늘 하루를 열심히, 최대한 즐겁게 사는 것'이다.

오늘 하루를 열심히 즐겁게 살았다고 좋은 내일이 오리라는 보장은 없다. 하지만 오늘 하루를 열심히 즐겁게 살았다면, 적어도 다시 시작될 내일 아침을 후회 없는 긍정적인 마음가짐으로 맞이할 수 있다. 그리고 이런 날이 반복되면 그 사람의 앞날은 분명 밝을 것이다.

반대로 오늘 하루를 대강대강 적당히 안 좋은 기분으로 살았다고 해 보자. 일도 제대로 처리하지 못하고 좋지 않은 기분으로 살았으니 잠도 푹 잘 수 없을 것이다. 내일도 또 똑같은 하루가 시작될 거라 생각하면 아침에 일어나기도 싫어질 것이다. 이런 날이 반복되면 그 사람의 앞날은 어두울 수밖에 없다.

금세기 최고의 경영학자로 칭송받는 피터 드러커는 이런 말을 했다. "미래를 예측하는 가장 좋은 방법은 미래를 만드는 것이다." 이 말은 곧, 미래는 그냥 주어지는 것이 아니라 오늘 내가 행한 일들이 차곡차곡 쌓여 만들어진다는 것이다. 즉 미래라는 것은 이미 정해져 있어서 점쟁이에게서나 들을 수 있는 것이 아니라, 내가 의지만 있다면 얼마든지 바꿀 수 있다는 뜻이다.

당신보다 소중한 사람은 없습니다

재미 삼아 점을 치는 것까지 말릴 일은 아니겠지만, 점을 쳤는데 안 좋은 말을 듣게 되면 기분이 좋을 리 없고, 안 좋아진 기분은 오히려 나의 일상을 방해한다. 그러니 점을 치기보다는 그저 "오늘 하루를 즐겁게 살자", "오늘 하루를 헛되이 보내지 말자"라는 태도를 가지고 하루하루를 살자. 그것이 훨씬 더 내 미래를 밝게 만들어 줄 것이다.

## ⚲ 노력에 대한 의심

노력의 사전적 의미는 '목표를 이루기 위해 몸과 마음을 다해 애쓰는 것'이다. 그런데 그런 노력이라는 단어를 들으면 왠지 고달프고 괴롭다는 느낌이 든다. 노력한다는 것은 하기 싫은 일도 참아가면서 하라는 말인 것 같고, 내가 가진 체력적 한계를 뛰어넘어 더 하라는 말인 듯도 하다.

그런데 하기 싫은 일을 억지로 하는 것이 과연 노력일까? 또 내가 가진 체력적 한계를 뛰어넘어야만 노력인 것일까? 우리는 노력이라는 단어의 의미 가운데 '몸과 마음을 다해 애를 쓴다'는 것에 너무 집중한 나머지 노력을 고달프고 괴롭게 생각하는 듯하다.

하지만 노력의 핵심은 '목표를 이룬다'는 방향성에 있다. 그리고 그때의 목표는 내가 원하는 목표인 동시에 달성

가능한 목표여야 한다. 내가 원하는 목표를 위해 애를 쓰는 것이 힘들 수는 있겠지만 괴로울 것까지는 없다. 만약 그 노력이 괴롭다면 내가 원하는 목표가 아니거나 불가능한 목표이기 때문일 것이다.

누구나 공부를 잘할 수는 없겠지만 잘하고 싶은 마음은 있을 것이다. 하지만 누구는 조금만 노력해도 1등을 할 수 있는 반면, 누구는 아무리 노력해도 1등을 하기 어려울 수 있다. 사람마다 타고난 공부머리가 다르기 때문이다. 그런데 아무리 해도 1등을 할 수 없는 사람이 1등을 목표로 노력한다면 어떻게 될까? 당연히 고달프고 괴로울 수밖에 없다.

부자가 되기 위한 노력은 또 어떤가? 1억이나 2억을 모으는 목표 정도야 누구나 도전해 볼 만하지만, 100억이나 1,000억을 가진 부자가 되겠다는 목표는 아무나 가능하지 않다. 큰 부자가 되기 위해서는 비범한 재능도 필요하고 커다란 운도 따라줘야 한다. 때문에 평범한 사람이 100억, 1,000억 부자가 되겠다고 목표를 세우면 그에 따른 노력 또한 고달프고 괴로울 수밖에 없다.

어떤 일을 이루기 위해 하기 싫은 것을 억지로 하는 것은 가짜 노력이다. 진짜 노력은 힘들 수는 있어도 그 자체로 즐거움과 행복을 준다. 노력하는 과정이 매번 즐거울 수는 없겠지만, 내가 원해서 하는 노력이기 때문에 괴로울 것까지는 없으며, 조금씩 성장해가는 자신의 모습을 보며 중간중간 미소를 머금게 된다.

노력이 괴로운 것은 내가 진정으로 원하는 것도 아니고 가능한 것도 아닌데, 남들이 좋다는 목표를 이루기 위해 애를 쓰고 있기 때문이다. 사람들은 공부는 잘할수록 좋고, 돈은 많을수록 좋으며, 성공은 클수록 좋다고 말한다. 하지만 내가 달성하기 어려운 목표를 향한 노력은 좋은 것이 아니라 괴로운 것이다.

나의 가능성이 어느 정도일지 모를 수도 있다. 그럴 땐 내가 할 수 있을 만한 것보다 조금 목표를 높여 잡아도 된다. 하지만 그 목표를 향해 열심히 노력했는데도 목표 달성에 실패했다면 다시 목표를 낮춰야 한다.

더 나아가 진짜 노력은 포기하는 것도 포함한다. 어떤

일을 잘할 수 있을 거라 생각하고 덤벼들어 열심히 노력했는데 생각보다 자신이 그 일에 재능이 없을 수도 있다. 그럴 땐 중간에 포기하고 다시 자신이 잘할 수 있는 일을 찾는 것도 노력이다.

중간에 포기하는 것은 결코 잘못된 태도가 아니다. 오히려 이루기 힘든 일에 괴로운 노력을 계속하는 것이 더 잘못된 태도다. 어떤 일에 꼭 성공해야만 노력한 것이 아니다. 노력은 과정이며, 그 어떤 노력도 헛된 것은 없다.

## ♀ 당신이 삶의 기준이다

잘 나가는 사람과 그렇지 못한 사람의 차이는 능력, 혹은 운이라고 생각하기 쉽다. 하지만, 그렇지 않다. 사실 두 사람의 가장 큰 차이는 바로 '기준점'이다.

잘 나가는 사람은 자기 자신이 기준점이다. 그렇기에 남의 평가에 연연하지 않고 자신의 하고 싶은 바를 원하는 방식대로 해낸다. 하지만 그렇지 못한 사람은 다른 사람이 기준점이기에 이리저리 흔들리고 헤매다가 결국 모든 일을 그르치고 만다.

세상 모든 일에는 정답이 없다. 시간이 흘러 되돌아보면 옳은 선택과 그른 선택이 있었던 것처럼 보이기도 하지만, 이는 착각에 불과하다. 사실 어떤 선택을 하든 달라지는 것은 성공까지 걸리는 시간뿐이다.

더 나은 선택을 했다면 성공까지의 시간이 짧아졌을 테고, 더 그른 선택을 했다면 성공까지의 시간이 길어졌을 것이다. 결국 시간의 문제일 뿐, 성공은 늘 그 자리에서 우리를 기다리고 있다. 따라서 누군가가 성공하지 못했다면, 그것은 그릇된 선택의 탓이 아니라, 자신을 믿지 않고 끝까지 노력하지 않은 태도 탓이다.

자기 자신을 기준점으로 삼은 사람은 결코 흔들리지 않는다. 주변 사람들이 조금 빨리 앞서나가고, 혹은 그의 결정을 못마땅하게 여기는 사람이 있을지라도 자신의 결정에 의구심을 품지 않고 나아갈 수 있다. 이런 꾸준함으로 이들은 다른 사람이 '틀린 결정'이라고 생각했던 일들을 '옳은 결정'으로 만들어 낸다. 모두가 안 될 거라고 생각했던 일들을 해내는 사람들은 바로 이처럼 자기 자신을 기준으로 삼은 사람들이다.

이들은 조금 돌아가고, 시간이 걸릴지라도 자신이 결국 언젠가는 해낼 수 있을 거라는 사실을 믿는다. 그리고 그 믿음은 결국 현실이 되어 나타난다. 자기 자신을 기준점으로 삼자. 그리고 당신의 선택을 결코 의심하지 말자.

## ♀ 아무 일 없는 날들의 소중함

안타깝게도 우리는 아무 일 없는 평범한 날이 계속되면, 주어진 하루하루의 소중함을 잊고, 지루한 날이 이어진다고 생각한다.

아무 일 없이 아침에 건강한 상태로 일어나고, 아무 일 없이 학교를 가거나 출근을 하여 만나던 사람들을 다시 만나고, 아무 일 없이 해 왔던 공부나 업무를 다시 하게 된다는 것이 얼마나 소중한 것인지 망각한다.

그러한 우리의 무신경함을 깨뜨리기 위함일까? 그렇게 별다른 일 없이 세월을 보내다 보면 갑자기 예기치 못한 일들이 생기곤 한다. 어느 날 아침 잠자리에서 일어나기 힘들만큼 아프기도 하고, 가깝게 지냈던 사람과 별것 아닌 일로 대립하기도 하며, 술술 잘 풀릴 것만 같은 일에 문제가 생겨

당신보다 소중한 사람은 없습니다

고생을 하기도 한다. 나는 그렇게 갑자기 예상치 못한 일이 생기는 것은, 운명이 신이 우리를 농락하려는 것이 아니라 깨우쳐 주려고 하는 것이라고 생각한다.

아무 일 없는 날은 그냥 만들어지지 않으며, 누군가의 보이지 않는 특별한 노력이 있었기 때문이라는 것을 말이다. 그 누군가는 나 자신일 수도 있고, 내 삶과 함께 엮여 있는 주변 사람들일 수도 있다.

예를 들어 아침에 건강한 상태로 일어나는 것은 내 스스로가 평소에 건강에 신경을 써야 가능한 일이고, 주변 사람들과 갈등 없이 평화롭게 지내는 것은 나는 물론이고 내 곁에 있는 사람들도 함께 노력해야 가능한 일이다.

아무 일 없이 평화롭게 살아가던 어느 날, 당신에게 불운한 기운이 깃든다고 하더라도 그것을 너무 나쁘게만 생각하지는 말자. 그런 일이 생기는 것은 어쩌면 운명의 신이 우리에게 아무 일 없는 날들의 고요함과 평화가 얼마나 축복된 것인지 알려주기 위함일지도 모른다.

## ♀ 늘지 않아 답답할 때
## 가장 빨리 성장한다

어떤 일에 가장 재미를 느낄 때는, 그 일을 처음 시작한 순간이다. 처음 운동을 시작했을 때, 처음 악기를 손에 쥐었을 때, 처음 외국어 학원에 등록했을 때, 우리는 작은 성장에도 즐거워하고 보람을 느낀다.

그때 경험한 설렘 때문에, 그 일을 직업으로 삼고자 노력하기도 한다. 하지만 우리는 어느 순간 성장의 벽에 부딪히고 만다. 더 잘하고 싶은데 나아지지 않고, 주변의 더 나은 사람들만 눈에 들어오게 된다. 그 일은 나에게 맞지 않는 것 같고, 나는 재능이 없는 것 같다는 좌절감이 찾아온다.

사실 진짜 실력이 느는 것은 우리가 답답함을 느낀 그 순간이다. 좌절했다는 것은 자신의 실력을 객관화할 수 있

당신보다 소중한 사람은 없습니다

는 판단력이 생겼다는 것이고, 더 나은 실력이 무엇인지 분간할 수 있는 눈이 생겼다는 것이다. 처음 시작할 땐 별것 아닌 것처럼 보였던 것이 사실은 대단한 일이었다는 것을 알게 되고, 그렇게 되기 위해선 무엇을 해야 할지 가늠할 수 있기에 더욱 암담함을 느끼게 되는 것이다.

사실 우리가 지금까지 노력한 것은 바로 이 순간을 맞이하기 위해서이다. 자신에게 부족한 것이 무엇인지, 정말 잘하기 위해서는 무엇을 해야 할지 알게 되는 시기이기 때문이다. 그러나 슬프게도 많은 사람들이 이 시기에 하던 일을 포기하고 만다.

그러니 만약 지금 당신이 몰두하는 어떤 일이 답답하게 느껴지고, 잘 늘지 않는 것 같다면 포기하지 말자. 조금만 더 해 보자. 당신은 이제야 성장을 위한 준비를 마친 셈이다. 조금만 더 참고 견디며 노력한다면, 당신은 지금까지 해온 것 이상으로 멋지게 성장할 수 있을 것이다.

# ♀ 의욕을 깎아 먹는 잘못된 습관

좀처럼 의욕이 생기지 않고 늘어져 있는 날이 반복될 때, 우리는 유튜브를 통해서 동기부여 영상을 보거나 인스타 등을 통해서 동기부여 글을 읽곤 한다. 하지만 사실 이런 습관은 우리의 의욕에 악영향을 미칠 따름이다.

사람들은 말한다. '지금 당장 하라', '하지 않는 것이지 하지 못하는 것이 아니다'. 하지만 이런 영상이나 글을 보면 반성의 시간만 길어질 뿐, 정작 실행에 옮기지는 못한다.

그리고 시간이 지나, 영상의 내용을 다시 떠올리며 '나는 왜 결국 또 빈둥빈둥 하루를 보냈을까' 자책하고 스스로를 구제 불능이라며 깎아내린다. 반복되는 이런 습관은 결국 아무것도 이루지 못하면서 자존감까지 낮아지는 부작용을 초래하게 된다.

당신보다 소중한 사람은 없습니다

의욕이 꺾여 아무것도 시작하지 못하는 상황이라면, 억지로 의욕을 북돋아 주려 하지 말자. 그럴 땐 오히려 의욕이 필요하지 않을 정도로 작은 일부터 시작하는 게 현명한 방법이다.

누워서 옴짝달싹 못 하겠다면 차라리 누운 상태로 기지개를 켜고 스트레칭을 하자. 일어날 수 있을 정도라면 잠시 일어나 목을 축이자. 몸에 에너지가 돈다면 잠깐 집 밖 카페에 나가서 커피를 마시거나, 산책을 하는 것도 좋다.

의욕이 없는 사람이 갑자기 벌떡 일어나 책상에 앉아 공부를 시작한다는 건 말이 되지 않는 일이다. 추운 겨울날 운동을 하기 전엔 몸을 풀어야 하듯, 우리의 뇌 또한 충분히 예열이 되어야 작동하기 시작한다.

그러니 오늘 하루도 엉망으로 흘려보냈다며 자책하지 말자. 당신의 몸은 그만큼 예열이 되지 않았을 뿐이고, 작은 일부터 조금씩 시작하면 결국 더 많은 것을 해낼 수 있게 될 것이다.

## ♀ 걱정하고 있다면
## 걱정할 필요 없다는 뜻이다

아무것도 하지 않는 사람은 막연한 불안을 느낄 순 있겠지만, 삶을 고통스럽게 만드는 걱정은 느끼지 못한다. 대부분의 걱정은 지금 하고 있는 일이 잘못될까 하는 두려움, 생각지도 못한 변수가 찾아올지도 모른다는 염려에서 발생하기 때문이다.

또한 어떤 일로 걱정을 하고 있다면, 당신이 그 일에 대해서 진심이고, 그만큼 깊이 관심을 가지고 있다는 뜻이기도 하다.

무대를 준비하는 가수를 예로 들어 보자면, 경력이 많고 능력이 뛰어난 사람일수록 더욱 많은 걱정에 시달린다. 작은 무대장치들, 음향 장비들, 관객들의 동선, 프로그램의 구

당신보다 소중한 사람은 없습니다

성 등 세세한 부분까지 점검하고 챙기려 하기 때문이다.

하지만 무대에 별로 서 보지 않은 신인 가수라면 그가 하는 고민의 범주는 그리 넓지 않을 것이다. '내가 떨지 않고 무대를 잘 마칠 수 있을까?', '관객들은 내 노래에 어떻게 반응해 줄까?' 이 정도의 고민이 고작일 것이다.

그러니 당신에게 걱정이 찾아왔다면 그것은 긍정적인 신호이다. 아무런 걱정을 하지 않고 그 일에 임하는 사람보다 훨씬 좋은 결과를 낼 수 있다는 의미다. 그러니 너무 불안해하고 초조해하지 말자.

당신은 당신이 느끼는 걱정의 강도만큼, 더욱 멋진 결과를 낼 수 있을 테니까 말이다.

## ♀ 내가 나아지고 있다는 확실한 증거

성장은 눈에 잘 보이지 않는다. 그렇기에 때때로 우리는 '내가 나아지고 있는 걸까?' 불안해하고, '나에겐 재능이 없는 걸까?' 좌절하기도 한다.

우리가 나아지고 있다는 사실을 분명히 알 방법은 없을까? 재미있게도 뇌과학 연구 결과를 통해 그 해답을 명확히 알 수 있다.

우리의 뇌는 기본적으로 성공을 추구한다고 한다. 리스크가 있는 일은 최대한 피하고 싶어 하며, 본능적인 쾌락을 우선시한다. 선사시대의 인류에게 실패란 곧 생존과 연관되어 있었으므로, 이는 우리의 뇌 속에 뿌리 깊게 남겨진 생존 본능인 것이다.

하지만 뇌는 실패를 통해서 배우고 성장한다. 무엇을 하지 않아야 하는지, 더 잘하기 위해서는 어떻게 해야 하는지 익힌다. 다시 말해서, 우리가 나아지기 위해서는 뇌가 이끄는 방향과 반대로 행동해야만 하는 것이다.

만약 당신이 어떤 일을 하는 것에 고통을 느끼고 있다면, 그것은 당신이 성장하고 있다는 증거다. 또한 당신이 어떤 일에 실패를 겪었다면, 그것 또한 당신이 성장하고 있다는 증거다.

우리는 어떤 일을 하는 데 힘에 부치면, '이건 나에게 맞지 않나 봐' 생각하며 쉽게 포기해 버리고, 어떤 일에 실패하면 '나에겐 재능이 없나 봐' 생각하며 손을 놓아 버린다. 하지만 그것은 실패를 피하려 하는 당신의 본능을 좇는 것이며, 그런 선택을 통해 당신은 아무것도 얻지 못할 것이다.

그러니, 지금 당신이 힘들다면, 자꾸만 실패하고 있다면, 그것은 당신이 잘하고 있다는 가장 확실한 증거다.

## ♀ 몸은 쉬어야 할 때를 안다

몸에 수분이 부족하면 목이 마르고, 영양분이 부족하면 배가 고프듯이, 우리의 몸은 우리에게 필요한 바를 솔직하게 요구한다. 건강이 악화되어 특별한 돌봄이 필요한 경우가 아니라면, 우리는 몸이 알려주는 신호를 충실히 따라가는 것만으로도 적당한 건강을 유지할 수 있다.

우리의 마음도 마찬가지다. 하지만 대부분의 사람들은 목마르고, 배고픈 것은 잘 인지하면서도 마음의 갈증과 허기는 알아차리지 못하는 경우가 많다. 아니, 알아차리지 못하는 게 아니라 알고 있으면서도 애써 무시한다.

쉽게 짜증이 나거나, 기력이 없고 마음이 헛헛하거나, 인생에 대해 회의감을 느끼고 있다면 당신의 마음이 당신에게 쉼을 요구하고 있는 중이다. 지금 마음에 스트레스가 많이 쌓였다고, 더 이상 버티지 못할 것 같으니 쉬어 가는 게 좋겠다고 당신에게 위급 신호를 보내고 있는 것이다.

하지만 우리는 마음이 보내는 요구에 크게 관심을 두지 않는다. 잠깐 컨디션이 좋지 않을 뿐이라고 가볍게 넘기거나, 아직 쉴 때가 아니라며 스스로를 몰아붙이곤 한다. 이것은 갈증을 느끼는 상태에서 물을 마시기는커녕, 뙤약볕에 나가 전력 질주를 하는 것과 다를 바 없는 행동이다.

그런 상황이 지속되면 자연스럽게 마음의 빈사 상태에 빠져들게 된다. 짧은 휴식으로도 충분히 회복 가능했던 마음의 병은, 시간이 지날수록 점점 깊어져 나중에는 치료를 통해서만 회복이 가능한 정도로 악화되기도 한다.

몸이 허해지면 보양식을 먹고, 몸이 안 좋으면 병원을 찾듯, 당신의 마음 또한 돌보아주자. 당장 눈에 상처가 보이지 않고, 큰 불편이 느껴지지 않는다고 아픔을 방치해 두었다간, 결국 돌이킬 수 없는 상황에 직면하게 될지도 모른다.

아직 늦지 않았다. 지금이라도 하던 일을 모두 그만두고 마음 편히 쉬어 보자. 하루 정도는 낭비해도 괜찮다. 아니 한 달이고, 일 년이고 괜찮다. 충분히 마음을 추스르고 나면, 이전보다 훨씬 좋은 컨디션으로 일을 해낼 수 있을 테니까. 휴식 또한 당신의 미래에 대한 투자라고 생각하자.

당신보다 소중한 사람은 없습니다

## ♀ 인생이 식상하게 느껴질 때

　사람이든 일이든 어느 정도 시간이 지나면 익숙해지기 마련이다. 처음에는 신기하고 마음을 설레게 했던 것들이, 어느 순간 너무도 당연하고 식상한 것이 되어 오히려 답답해질 때도 있다.

　그래서 다른 사람을 만나 보기도 하고, 다른 일에 눈을 돌려 보기도 하지만, 그렇다고 새로 만난 사람이나 새로 시작한 일이 다시 또 나를 설레게 하는 건 쉽지만은 않다.

　그럴 땐 식상해진 사람과 익숙해진 일에 대해 다시 생각해 보자. 그 사람과 그 일에 대해, 과거엔 설렘을 느꼈지만 지금은 식상함을 느끼는 감정의 주체는 누구인가?

　그 사람과 그 일은 항상 그 자리에 있었을 뿐이다. 당연하거나 식상한 것도, 설레거나 두근거리는 것도, 그 사람이나 그 일이 만든 것이 아니다. 모두 내가 만든 것이다.

내가 누군가를 처음 만나 설레었을 때, 내가 어떤 일을 시작하여 두근거렸을 때, 다른 누군가에게는 이미 그 사람과 그 일이 익숙한 그 무엇에 불과했을지도 모른다.

예를 들어 어떤 회사에 들어가 디자인 업무를 맡게 되었다고 가정해 보자. 나에게는 그 업무가 새로운 일일지 모르지만, 그 회사에서 10년째 그 일을 하고 있는 경력자에게는 이미 익숙한 일이다. 그럼에도 그 경력자가 디자인 업무를 지겨워하지 않고 즐기고 있다면 그 이유는 무엇일까?

아무리 좋은 것도 계속 보면 식상해진다. 하지만 혹시 우리는 좋아 보였던 것의 앞면만 계속 보면서 식상해졌다고 느끼는 것은 아닐까?

인생에서 마주하는 모든 것들은 평면이 아니라 입체다. 보았던 모습만 또 보면서 '식상해졌다', '지루해졌다' 답답해하지 말자. 옆에서도 보고, 뒤에서도 보고, 위에서도 보고, 아래에서도 보면 나를 또 설레게 하고 두근거리게 만드는 무언가가 다시 또 보일 것이다.

같은 각도에서 같은 면만을 계속 바라보면서 변한 게 없다고 말하는 것은 어리석은 일이다. 사람이든 일이든 풍경이든, 세상은 늘 변화하고 있다. 그 변화를 느끼지 못하는 것은 내가 한 자리에 계속 머무르며 익숙한 것만 보려 했기 때문이다.

새로운 각도에서 세상을 바라봄으로써 변화를 느낄 수 있을 때, 나 또한 그 변화에 맞춰 새롭게 바뀌어 갈 수 있다.

# ♀ 문제가 생긴 건 좋은 일이다

성악가 조수미는 무대에 오르기 전, 옆 사람이 보기에도 안쓰러울 정도로 몸을 떤다고 한다. 저렇게 떨어서야 어떻게 제대로 무대에 설 수 있을까 의구심이 들게 하지만, 그녀는 떨림에도 불구하고 언제나 최고의 무대를 만들어 왔다.

그녀는 그렇게 긴장을 하면서 어떻게 매번 멋진 노래를 들려줄 수 있냐는 사람들의 질문에 이렇게 답했다고 한다.

"긴장 때문에 떠는 게 아니에요.
설렘 때문에 떠는 거죠."

이처럼 어떻게 생각하느냐에 따라서 떨림은 설렘이 되고, 긴장은 흥분이 되기도 한다. 시선의 차이가 생각의 차이를 만들고, 그것이 결과의 차이를 만드는 것이다.

당신보다 소중한 사람은 없습니다

우리는 삶을 살아가면서 어려운 문제에 봉착하고, 좌절하기도 하며 스트레스를 받는다. 하지만 역설적이게도 사람들은 게임을 좋아한다. 게임은 사람들에게 끊임없이 문제를 던진다. 새로운 적을 물리쳐야 하고, 더욱 어려운 레벨을 클리어해야만 한다. 하지만 사람들은 게임을 플레이하며 괴로움은커녕 진정한 즐거움을 느낀다.

그 이유는 무엇일까? 사람들이 그 과정을 문제가 아닌 도전이라고 받아들이기 때문이다. 어떤 일을 문제라고 생각하면 그 일을 회피하는 방법을 먼저 생각하게 되지만, 어떤 일을 도전으로 생각하면 그 일을 해결하는 방법을 먼저 생각하게 된다. 그리고 그 과정 속에서 즐거움을 느끼며, 도전에 성공한 이후에는 성취감을 만끽하게 된다.

어떤 일이 당신을 힘들게 만든 까닭은, 당신이 그 일을 '문제'라고 생각하기 때문이다. 이처럼 작은 생각의 차이가 당신의 인생을 완전히 뒤흔들어 놓을 수 있다. 이제는 어떤 난관에 봉착했을 때, 그 일을 '문제'가 아닌 '도전'이라고 생각해 보자.

## ♀ 달리는 말은 직진밖에 하지 못한다

지금 당신이 무의미하게 시간을 보내는 것 같아 죄책감을 느끼고 있다면, 계속해서 무언가를 해야만 할 것 같은 압박감에 시달리고 있다면, 그런 조급함은 잠시 내려 두도록 하자.

길을 알지 못하고 달리는 말은 눈앞에 보이는 곳으로만 맹목적으로 직진할 수밖에 없다. 설령 그 길의 끝이 낭떠러지일지라도 말이다.

우리에겐 잠시 멈춰서 숨을 고르고, 앞으로 가야 할 방향을 점검해 볼 시간이 필요하다. 꽃이 만개한 들판으로 향하는 샛길이 있을 수도 있고, 멋진 풍경을 조망할 수 있는 오르막이 있을 수도 있다. 숨은 길목은 당신이 천천히 걸어갈 때에만 비로소 발견할 수 있다.

당신보다 소중한 사람은 없습니다

그러니 가끔은 뛰지 말고 걷기도 하자. 걷다가 잠시 누워서 쉬기도 하자. 하늘도 올려다보고 길가의 꽃들도 들여다보자. 당신은 지금 무의미하게 시간을 흘려보내는 게 아니라, 인생의 즐거움을 만끽하는 중이며, 힘껏 달려나가야 할 길을 살피며 에너지를 비축하는 중이다.

그러니 너무 조급해하지도, 죄책감을 느끼지도 말자. 당신은 쉬고 있는 게 아니라 충전하는 중이고, 시간을 낭비하는 게 아니라 길을 찾고 있는 중이니까. 앞만 보고 달리던 이들이 잘못된 길로 접어들어 헤맬 때, 당신은 지름길을 통해 그들보다 한 걸음 더 앞서나갈 수 있을 것이다.

## ♀ 인생의 주도권을 쥐는 방법

　미래가 막막하게 느껴지고, 인생이 나아지지 않는 것처럼 느껴질 때가 있다. 아무리 노력해도 발전하지 못하는 것 같고, 어떤 길로 나아가야 할지 방향조차 잡히지 않을 때가 있다. 우리가 살아가면서 이런 감정을 느끼는 까닭은 지금 당장 자신의 마음대로 '통제할 수 있는 것'이 없다고 느끼기 때문이다.

　삶은 마음대로 하지 못하는 것투성이다. 아무리 잘해 보려 애써도 인간관계 속에선 늘 문제가 발생하고, 지금 다니는 회사에서 언제까지 계속 일할 수 있을지 불투명하다. 월급은 오르지 않는데 물가는 계속 오르고, 이렇게 살다가 나이를 먹으면 어떻게 노후를 보내야 할지 깜깜하다.

　가슴을 답답하게 만드는 이런 불안에서 벗어나기 위해

서 우리가 가장 먼저 해야 할 일은 바로, 우리가 마음대로 '통제할 수 있는 일'을 만들어 주는 것이다.

미래는 마음대로 하지 못하지만, 지금 당장 방 청소는 할 수 있고, 주어진 일이 해결될 기미가 보이지 않더라도 밖에 나가 5km 정도는 거뜬히 걸을 수 있다.

당장 결실 내지 못 할 일을 짊어지고 끙끙거려 봐야 고민만 깊어질 뿐이다. 지금 당장, 당신이 마음대로 할 수 있는 일을 자기 자신에게 만들어 주자. 작은 성취가 주어진다면 삶이 조금 더 행복해질 것이고, 그 에너지를 바탕 삼아 더 큰 일을 해낼 수 있게 될 것이다.

## ☪ 잊지만 않아도 이뤄진다

전 세계 백만장자들은 아침에 눈을 뜨면 가장 먼저 그날 해야 할 일을 정리한다고 한다. 이것은 삶을 계획적으로 살기 위함이기도 하지만, 자신이 원하는 바를 이루는 가장 강력한 방법이기 때문이기도 하다.

우리가 마음먹은 일을 제대로 이뤄 내지 못하는 가장 큰 이유 중의 하나는 '망각'이다. 우리의 기억력은 생각보다 그리 뛰어나지 않아서, 단단히 마음먹은 일마저 금방 잊어버리고 만다.

만약 당신이 새해 영어 공부를 결심했다고 치자. 처음 하루 이틀은 열심히 공부에 매진하겠지만, 회사 일에 치이고 친구들을 만나고 밀린 드라마를 보다 보면, 어느 순간 영어 공부는 머릿속에서 하얗게 지워지고 만다.

당신보다 소중한 사람은 없습니다

그렇게 몇 주가 지난 어느 날, '아 맞아, 영어 공부해야 하는데'라는 생각이 문득 떠오르는 것은 당신이 자신의 결심을 그사이에 잊어버렸기 때문이다.

어떤 일을 이루기 위해 매일매일 쉬지 않고 노력하는 것은 쉽지 않은 일이다. 갑자기 몸이 좋지 않거나, 더 중요한 일이 생기는 등 생각지도 못한 변수가 끼어들 수도 있다.

그러나 당신이 그 일을 해야 한다는 사실을 잊지 않고 있다면, 언제고 그 일을 다시 시작할 수 있다. 그리고 당신의 결심을 머릿속에 가장 확실하게 새겨 두는 방법은, 매일 아침 일어나서 그날 해야 할 중요한 일들을 정리해 보는 것이다.

그날 짠 계획을 꼭 이뤄야 한다고 강박을 가질 필요는 없다. 하지 못했다고 좌절할 필요도 없다. 그냥 자신의 결심을 되새겨 보는 것만으로도 당신의 할 몫은 다 한 것이다. 당신이 그 생각을 잊어버리지만 않고 계속 안고 있다면, 당신의 삶은 자연스럽게 그 일을 이뤄 내는 방향으로 흘러갈 것이다.

## ♀ 당신은 있는 그대로 빛나는 존재

우리는 누군가의 칭찬에는 크게 기뻐하지 않으면서도, 누군가의 지적에는 상처받고 힘들어한다. 그건 우리가 본능적으로 칭찬은 '당연한 것'으로 생각하는 반면, 지적은 '반드시 고쳐야 할 것'으로 인식하기 때문이다.

하지만 당신의 장점은 '당연한 것'이 아니라 '특별한 것'이며, 당신의 단점은 '반드시 고쳐야 하는 것'이 아니라 '더 나아질 수 있는 가능성'이다.

세상에 완벽한 사람은 없다. 제각기 다른 장점들을 가지고 있으며, 그만큼 많은 단점 또한 지니고 있다.

축구를 잘하는 사람이 요리를 잘하지 못한다고 해서 문제가 되는 것이 아니듯, 당신이 단점을 가지고 있다고 해서

당신보다 소중한 사람은 없습니다

그 단점이 당신이 지닌 눈부신 장점의 가치를 사라지게 만들지 않는다.

당신은 지금 그대로 수많은 장점을 가지고 있는 소중한 존재이다. 누군가가 당신의 단점을 지적한다고 해서, 그 단점이 자신의 전부를 규정하는 것이라고 생각하지 말자.

먹구름이 끼었다고 해서 밤하늘에 빛나는 별이 사라지는 것은 아니다. 폭풍이 찾아오고, 황사가 끼고, 구름이 가려도, 그 뒤에 숨은 당신이라는 별은 여전히 반짝이고 있다.

# 당신보다 소중한 사람은 없습니다

초판 1쇄 인쇄 2022년 12월 19일
초판 1쇄 발행 2022년 12월 26일

지은이 쓰담
펴낸이 이부연
책임편집 윤다희
마케팅 백운호
디자인 김윤남

펴낸곳 (주)스몰빅미디어
출판등록 제300-2015-157호(2015년 10월 19일)
주소 서울시 종로구 내수동 새문안로3길 30, 세종로대우빌딩 916호
전화번호 02-722-2260
인쇄·제본 갑우문화사
용지 신광지류유통

ISBN 979-11-91731-39-2 (03810)